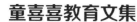
童喜喜教育文集

十八年新生

童喜喜 著

电子工业出版社
Publishing House of Electronics Industry
北京 · BEIJING

图书在版编目（CIP）数据

十八年新生 / 童喜喜著 . —北京：电子工业出版社，2021.5
（童喜喜教育文集）
ISBN 978-7-121-41084-0

Ⅰ.①十… Ⅱ.①童… Ⅲ.①纪实文学—中国—当代 Ⅳ.①I25

中国版本图书馆CIP数据核字（2021）第076827号

责任编辑：胡　南
文字编辑：李楚妍
印　　刷：三河市鑫金马印装有限公司
装　　订：三河市鑫金马印装有限公司
出版发行：电子工业出版社
　　　　　北京市海淀区万寿路173信箱　邮编：100036
开　　本：720×1000　1/16　印张：14.75　字数：265千字
版　　次：2021年5月第1版
印　　次：2021年5月第1次印刷
定　　价：55.00元

凡所购买电子工业出版社图书有缺损问题，请向购买书店调换。若书店售缺，请与本社发行部联系，联系及邮购电话：（010）88254888，88258888。

质量投诉请发邮件至zlts@phei.com.cn，盗版侵权举报请发邮件至dbqq@phei.com.cn。

本书咨询联系方式：（010）88254210。influence@phei.com.cn，微信号：yingxianglibook。

坚信人性之善：心为火种

知与行合一：生生不息

以智慧：点亮自己

以爱：照亮他人

因信而行

美国马萨诸塞大学波士顿分校终身教授、

中国教育三十人论坛成员　严文蕃

从一线酿造的教育蜜糖

我非常高兴地得知本书即将出版，仔细读完书稿，很是惊喜。

童喜喜作为专业的儿童文学作家，她的教育研究生涯比较特殊。从1999年资助一位失学儿童开始，到2009年为"新教育实验"担任义工之后，她一直以不同的方式，和一线老师并肩奋斗。可以说，本书记录的中国教育经验和中国教育故事，具有世界意义。

我非常佩服童喜喜，她的悟性之高、写作速度之快，她对新事物的发现、掌握和表达，不是常人能够做到的。

我读过童喜喜的很多儿童文学作品。她的第一部童书《嘭嘭嘭》获奖无数，畅销至今，十万字的作品竟然只用六天就写了出来。她的"新孩子"系列童书，作为开启非虚构儿童教育文学的杰作，对儿童成长具有划时代的意义。

我了解童喜喜对新教育研究和推广的贡献。她是新教育的参与者、反思者、引领者。新教育发起人朱永新教授指出，童喜喜的哲学功底、教育悟性、人文素养和文字能力，再加上过人的勤奋，让她脱颖而出。

我也知道童喜喜对中国阅读推广做出的贡献，知道她只身一人在一年里深入中国100所乡村学校，免费举行196场讲座的壮举。

还记得 2017 年 10 月的一天，童喜喜向我介绍说写课程的研究，提出"读写之间说为桥"，以"说"打通读和写，把写作的复杂过程跟思维的运转过程联系起来。我当时特别兴奋，告诉她这个主意非常好。从"说"的角度深入研究写作教育，这确实是一个非常好的创意。

童喜喜不仅做了，而且从学校教学、家庭教育等不同层面开展，就在这套作品中把不同人群的说写技巧提炼了出来："创造奇迹的说写革命"是针对学生的说写训练，"教师喜阅说写技巧"是针对教师的说写技能提升，"家庭说写八讲"是针对父母的操作指导。她把这套思维训练的说写课程从学校扩展到家庭，与家庭教育结合起来。这个成果真是太棒了！

这套作品涉及的主题非常广泛，形式也非常丰富，既有诗歌，又有散文，既有演讲，又有更多的教育叙事、论文和操作性、指导性很强的手册等。书中主要关注的三点，既是中国教育的重要问题，是中国教育改革重视的三个方面，也是世界各国当下教育面临的难题，是全球教育改革最需要做的三件事。

第一是教师的专业发展。教育改革的主力军是教师。要使教师能够成长，最核心的是教师的专业发展，要不断为其提供动力，使其提升能力。童喜喜思考和写作的这一点，也是世界各国重视学习中国的一个热点。特别是中国在国际学生评估项目（PISA）评比中取得优秀成绩之后，很多国家把这样的好成绩归功于中国教师的能力和中国教师在专业发展上的贡献。童喜喜连续十年捐赠稿费，为一线教师开展公益项目，帮助数千位一线教师成长，经验值得借鉴。

第二是新世纪的家庭教育。中国历来重视家庭教育，父母对孩子有着很高的期望，在家庭的亲子关系、教育投入上有着优良传统。这些对世界各国的教育都很有启发意义。进入信息时代，家庭教育有哪些重要变化？有哪些新的方法？童喜喜对这方面的解读，也是一个重要的贡献。可以看出童喜喜进行的努力，把中国传统的家庭教育提升到了一个新高度。

第三是学生学习成长。学生的学习问题在很大程度上是学科阅读的问题，学生的发展问题在很大程度上是写作的问题。阅读和写作问题，是世界各国都面临的最重要、最困难的问题。童喜喜不仅把阅读和写作视为研究的重心，而且对其有很深的理解，并给出了很好的建议。其中，"童喜喜说写课程"对写作和阅读的探索，即便在美国，同类研究也没有多少文献记载，没有多少经验分享，从世界范围来看，也具有很强的引领性、创新性和指导意义。

这些年来，我听许多老师讲过，特别喜欢读童喜喜的书，喜欢听童喜喜演讲。我也有同感。这套作品再一次给了我这种感受，主要有以下四个特点。

第一，内容具有很广的适用性。

内容能够满足读者的需求，大家爱读、大家想读、大家要读，这是对一本好书最基本的要求。作为一套书，当然更应该如此。

我在中国读完大学，又在美国的大学执教三十多年，无论中国还是美国，有一件事让我深有感触。一直以来，特别是进入信息时代之后，书很多，文章更多，但并不是所有的书或文章都能吸引人们去读。国外真正有价值的教育著作也不多，从概念到概念的所谓文章和图书，只是抄来抄去，增加文字垃圾，对教育现状没有积极作用。

尤其在当今的教育领域，从世界范围来看，存在理论和实践脱节的巨大鸿沟。许多大学教授的教育理论，看上去挺好，但高高在上，难以深入实际，读者本就不多，更难落实到一线教育中。一线老师往往认为这些教育理论艰深难懂，无法应用，教师的专业发展因此受到限制，新的研究成果很难进入一线教学工作中。近些年，有观点提倡一线老师从事研究与写作，但一线老师受到客观条件限制，存在很多困难，出版教育专著的不多，一线实践者的写作水平通常也不太高。因此，实践工作者够不上理论工作者的理论高度，理论工作者难以切入实践工作者的工作实践。在教育中本应密切配合的双方很难沟通，这是全世界普遍存在的现象。

只有好的教育作品，才能填补专家与一线实践者的巨大鸿沟。童喜喜正是做出了这样的努力，她的作品确实填补了这个鸿沟。

童喜喜作为深入一线的专业教育研究者，特别懂得一线教师需要什么，能够迅速把高深的教育理论深入浅出地表达出来，能够把自己专业研究的知识贡献出来，把理论转换为专业技能性的指导，转化为教育方法，真正满足读者的需求。对于能够真正提高实战技能、专业素养的作品，广大一线教师是有很大需求的，这套作品就能够充分满足这些需求。

第二，叙事具有很深的启发性。

一本好书，应该具有启发性，能让读者有感想、有思考、有共鸣，甚至觉得感同身受。这不是每个作者都能做到的，尤其是教育作品，能够让读者感同身受的不多。但我相信，童喜喜的这套教育文集能够取得这样的效果。

综观童喜喜的这套教育文集，其使用的创作手法就是叙事。童喜喜用自己非常拿手的讲故事手法、深度描述手法等，来进行教育的叙事研究。可以说，本套作品是进行叙事研究的教育成果。

叙事研究是目前世界上正在大力提倡的教育研究方法。它把事件放在一个大背景下，观察事件、表达事件、反思事件、揭示事件，在所叙述的原有体验或原先研究的基础上，深入阐释，揭示事件背后的深刻意义，进一步总结归纳出理论或操作方法。

比如童喜喜的《智慧行动创造教育幸福》一书，就把新教育的"十大行动"，通过叙事手法，研究、分析、解释得非常到位，把十大行动真正落到实处，进行了条理化、系统化、操作化的梳理与总结，做得非常深、非常细，也非常务实，给出了非常方便的抓手。我当时就说，这是十大行动的 2.0 版本，是十大行动指南。这也是这本书取得非常好的销售成绩并且获奖的原因。

童喜喜的这些著作，对叙事的手法运用得非常好。这些书里的叙事，几乎都可以作为我们教师在专业发展中学习叙事研究的一个范本。因此，从这套书中，读者可以学到很多。

童喜喜所做的教育叙事研究是非常难能可贵的。她做的很多工作填补了许多教育研究的空白，也弥补了许多教育著作从概念到概念、从理论到理论，从而少有人问津的缺憾。她把高高在上的理论与一线教育的实际联系起来，让叙事研究深入浅出，把教育文章写得喜闻乐见，让教学方法变得清晰简洁，让一线教育工作者喜欢阅读、乐于实践，这就是这套作品对教育的杰出贡献。

第三，理论具有很强的深刻性。

有深度的作品才能耐人回味，激发人们进行深度思考，而深度思考当然离不开理论。

来自国外的理论概念，一般来说只有经过本土化改造，具有中国的文化背景，结合中国的教育实践，才能真正对现实有所激发，才真正具有深刻性。我们可以从童喜喜的文章里看到，对于一些理论，她并不是进行大段深奥的论述，而是用很通俗的语言来表达。

比如，童喜喜提出"同心圈"理论。

她在家庭教育中，运用了这个概念，来描述儿童与世界的关系：同心圈的中心是儿童。在儿童中心的周围，是家庭，是教育，是工作，是文化……这些外部的环境，一圈一圈地扩展出去。

她在新教育十大行动中，也用到这一概念。这时，是以行动为中心的，到教室，到学校，到区域……这些行动的范围，也是一圈一圈地扩大。

童喜喜告诉我，图示应该直观反映思想理念，比如马斯洛的需求层次理论以同心圈表达比阶梯式表达更好，我认为很有道理。童喜喜的同心圈理论，用文学化的语言描述理论，实际上是用同心圈的概念来讲人与世界的关系。

换一种纯粹理论的语言来说，同心圈所说的就是生态学理论：从心理学的角度来说，就是心理生态学，也就是环境影响在孩子成长发育过程中所起的作用；从教育学的角度来说，就是教育生态学。如今国际上教育学者普遍认为，教育要做好，必须从家庭到学校，一层一层地往外扩展。

又比如，我在《新父母孕育新世界》一书中，看到童喜喜提出了一个很好的概念——"元家庭"。

元家庭这个概念的核心，是讲如何通过叙事手段进行记录，把家风、家教、家训、家庭精神在代际之间进行延续和发扬。如果用纯粹的理论语言来描述，那么我们能看到实际上就是社会资本与文化资本的理论。社会资本与文化资本的理论，正是研究这些社会关系，特别是家庭关系，怎么通过文化传承，来做到代际传承的。

本套作品提出的理论有着深刻的理论背景。作者提出的概念十分深刻，又是深深扎根在中国的基础上提炼而成的，因此，这些土生土长的概念能够促使人们深思，鼓舞人们行动。

第四，语言具有很大的感染性。

好的语言是跨越理论与实践鸿沟的桥梁。特别是从交流的角度来说，一定要有好的语言，才能更好地描述和解读，使人们能够准确理解作者的思考。

童喜喜有一种一般人没有的能力，那就是把很复杂的事情，用很精练、很到位、很传神的语言传递给教师、传递给父母、传递给孩子，能把深奥的道理说得通俗易懂。这不是一般教育人能做到的，也不是一般的作家擅长的。

童喜喜既有教育人的思想与方法，又有作家的文笔。在语言上的功力成为她的优势，无论书的整体结构、文章的起承转合、标题的凝练传神，还是文字的张弛有度……都非常吸引人。

好的作品一定具有这些特征，而这些特征在童喜喜的书里得到了清晰的体现。因此，我可以非常自信地说，这套作品一定会非常成功。

童喜喜就像一只小蜜蜂，采撷着教育一线的花粉，这套作品是从一线酿造出的教育蜜糖，也是为教育一线酿造的蜜糖。相信在未来，童喜喜会酿造更多蜜糖，给更多人带去更多惊喜，带去新教育的幸福，带去好教育的甜蜜。

推荐序

国际儿童读物联盟（IBBY）主席　张明舟

我要为童喜喜们点个赞

记得鲁迅说过，其实地上本没有路，走的人多了，也便成了路。在处于转型时期的中国，教育正在发挥着不可忽视的作用。在中国素质教育的广阔天地里，在广袤沃土、荒漠、林地和杂草丛中，无数中国教育人用激情和智慧、汗水和泪水，开辟出令人欣慰也令人感叹的一条新路。这注定是一条"不归"之路、一条觉醒之路，也是一条坎坷之路。

本书是童喜喜描述她和伙伴们以"点亮自己，照亮他人"的萤火虫精神开展阅读推广，提升学生素质教育水平，同时实现教师和家长的自我教育、自我救赎的一部纪实文学。

隔行如隔山。作家和教育，原本是相距甚远的两个行业。童喜喜首先是位作家，而且是位成熟的儿童文学作家。

认识童喜喜，还是在 2011 年的一次晚餐上，当时还有朱永新教授，作家赵丽宏、殷健灵，儿童文学博士、著名阅读推广人王林等朋友。我听说她写了一部反思南京大屠杀的儿童文学《影之翼》，很感兴趣，她也答应送我一本。没想到 5 年之后的 2016 年春，我才收到这本书。她告诉我，第一次见面是 2011 年 11 月 23 日，那正是她承诺为新教育专职做 2 年义工的日子，结果一投入就是 5 年，期间与文学界几乎完全断了联系。

之后，我一口气读完童喜喜的作品《影之翼》，这是第一部以儿童视角反思南京大屠杀的文学作品，有着极强的文学性、艺术性。既有对历史事件的控诉和反思，又兼具了宽广的人文情怀，是中国儿童文学作家中少有的能够超越一般的民族情感，而有着更深刻的人类悲悯情怀的佳作。作品中的中日混血女孩儿的人物形象令人印象十分深刻。近期，《影之翼》将在日本出版发行。

通过儿童读物促进国际理解，维护世界和平，正是国际儿童读物联盟（IBBY）的宗旨和使命。曹文轩2016年获得的国际安徒生奖，就是IBBY基于同样宗旨于1956年设立的。如此厚重的文学作品出自一位年轻的女作家，特别是惨遭蹂躏的受害国中国的女作家笔下，让人刮目相看也令人肃然起敬。记得阅读这部作品后的当天深夜，我曾给她发了简短微信："喜喜，读着《影之翼》，先是被你的想象力和叙事所吸引，在阅读过程中，却不时被泪水打湿了双眼，模糊了视线。而记忆，却更清晰，目光更深远……谢谢你！！"

读到《影之翼》时，我只知道童喜喜是作家，也知道她在参与新教育实验，却不知道她为此付出了怎样的艰辛和努力，也不太了解著名的新教育实验，激发了如此广大的教育工作者，如此义无反顾地投入到改变应试教育和素质教育脱节的伟大教育实践和社会实践中。

前有朱永新教授发起新教育实验，踏出了关键的第一步；后有越来越多的人，特别是越来越多的教师们，受到感召和鼓舞，自发地跟着他，走上了这条充满激情也充满艰辛的新教育之路。在这越来越壮大的前进的队伍里，跌跌撞撞地走着一位心怀理想，但懵懵懂懂、自由散漫的作家童喜喜。

然而，正是这位作家，在新教育的征途上，和她的伙伴们深入一线，深入乡村，深入社区，深入课堂，几乎昼夜兼程，一路披荆斩棘，挥泪流汗，不断认真地总结梳理，深入地思考和研讨，渐渐成熟，渐渐茁壮，共同高擎起素质教育的大旗，并怀着积极现实理想主义的梦想，昂首阔步地向着未来进发。

现在的童喜喜，也已经是位教育专家。这个周末，我几乎一口气读完了童喜喜的这部新作。由于工作繁忙，近期我已经很少有时间畅快地一口气读完一部作品了。跟着她充满了激情，生动而真诚的叙述文字，我好好地了解了新教育，也好好地了解了这位半路出家、偶遇教育、倾心阅读推广、参加新教育、推动新教育的童喜喜。

新教育人，也是阅读推广人。同是"阅读推广人"，有人将之定义为职业，在强大的利益需求与民众混沌的渴望之中，扮演面目模糊的中介商角色；有人将之定义为荣誉，是于商业洪流中坚守一份良知，研习不同人群的精神所需，庄重地推荐自己的所知、所爱、所信。对此，童喜喜说："我是一个作者，努力成为作家的作者。我理解的阅读推广，必须是一位真正的理想主义者才能做的事。"

这本书不仅记录了童喜喜在参加新教育实验之前的十年中，从偶然资助失学女童到倾心阅读推广等志愿者工作的个人探索，也详细而坦率地披露了她走进新教育的八年历程，记录了新教育实验的工作者和志愿者们前赴后继、披荆斩棘、可歌可泣的动人故事，探索和论述了新教育的理论建构和哲学思考，揭露了人性的软弱和灰暗，讴歌了时常闪耀着的不灭的人性光辉，同时，书中对曾经参与但没有坚持下来的人们，表示了深深的理解和尊重，并对他们曾经给予新教育的支持和贡献表达了由衷的谢意。这又是一种怎样博大的胸怀和崇高的境界！

童喜喜和她的伙伴们对教育、对教师、对儿童的深切关爱和超人般的努力与实践，使我在阅读期间数次哽咽甚至落泪：为他们的艰辛，为他们那份颠扑不破的热爱和执着。毫无疑问，童喜喜们，有着强烈的社会责任感，阅读此书，使人心中油然而生的是不由自主的疼痛和满满的敬意。

童喜喜，作为新教育"萤火虫"义工，朱永新教授对她的了解应该是最为全面深刻的："喜喜是一个性情中人。她喜欢的事情，她认准的道理，就会义无反顾，有时自己没有条件就去创造条件，也会全力以赴地投入，尽力完成。喜喜对理论有着天然悟性。读过《影之翼》《嘭嘭嘭》《我找我》《织梦人》等作品，都能感受到她在童书创作中的哲学的思考。读她每一期为《教育·读写生活》写的卷首语，更会直接认识到她对教育的思考力度。哲学功底，教育悟性，人文素养和文字能力，再加上过人的勤奋，让她脱颖而出，成为新教育主报告研制团队的核心成员，也让新教育主报告的研制团队如虎添翼。相信她的经历会给更多人以启迪，也希望更多新教育人能够像她一样不断成长。每一个新教育人的成长，都让新教育更加茁壮。"

2017年5月，亚太地区国际儿童读物联盟大会在泰国曼谷举行。在闭幕式上，童喜喜作为特邀嘉宾，做了《以儿童阅读创造数字化时代的未来》的发言，讲述了她对阅读、对教育的思考，也讲述了她以文学和教育为双翼的这一路。在发言结尾，童喜喜说："因为无数人的爱，我来到了这里。我知道，还有很多大人和孩子，也需要我的爱。为了他们，我会和大家一样，继续行动下去。"全场数百位各国代表激动地报以热烈掌声。

显然，这样的童喜喜、这样的童喜喜们还将飞得更高，走得更远。这样的一群中国的理想家和实践家们令人肃然起敬。我们有理由相信，他们所共同进行的通过阅读将理想和现实相互融合的伟大教育实验，他们所建构的越发成熟的理论体系，将被更多国家和更多人们了解、参与和支持，并将成为当代中国人贡献给人类未来的宝贵的精神财富。

我相信并期待着。

目录

每种职业都是有意义的。让世界美好，其实用不着喊很多口号，甚至用不着额外做很多事，很多时候，我们只需要安安静静地、认认真真地做好本职工作，就足够了。

尘世没有天使。所谓光环，不过是聚光灯的效果而已。

爱一个人，与爱世界，我从不认为前者比后者容易。

一个亿万富翁多赚了十万元，一位拾荒者偶然发现一堆可乐空瓶——两者相较，应该是后者获得了更大程度上的快乐。

幸福来自对想做之事的实践，而快乐则来自世界对你所做之事的回报。所以，幸福绵长，快乐短暂。若率性而为地助人，在获得快乐的同时也能遭遇猜忌，那么，我起码是幸福的。

人弃我捡。我很高兴能不争不抢，用他人眼里的破烂，构建我的宝贝人生。

与其说是在帮助孩子，不如说我在自我拯救——我希望，我能找到存在的意义，幸福地活在生活里。

并非琼楼玉宇才是殿堂。真正的文学之殿，本就应是尘嚣中的不灭光芒。

文学来源于生活，是对自我的修炼。

生活和生命本身，为何就不能是因天马行空而璀璨的作品？在生活里碰壁并不稀奇，更没什么大不了。生命的火花可能正是来自碰壁。而一旦穿过铁壁，兴许就走出了新的路。

心和心之间有频道。当两颗心在同一个孤独频道，两颗心也就不再孤独。

一个人在这世界上，不可能绝对孤独。如果他正在孤独，那肯定是因为走得还不够远。

抛开纷繁复杂的外部原因，从挖掘教师内心，点燃每个人灵魂深处的理想之火入手，使得教师自动放弃牢骚，着重采取眼下所能采取的行动，用点滴行动改变自己、改变身边小世界，因此从教育困局中突围。

以前，我看着向前延伸的大路，总是问大路：你通往哪里？我要去哪里？

我决心，以后不再问大路。即使心生彷徨，迷雾重重，我也能低头，能看到自己的双脚，到底想要走向哪里。

要改变未来，必须教育孩子。想帮助孩子，必须改变父母。在父母和孩子之间、学校和家庭之间、城市和乡村之间，阅读可以成为彼此沟通的坚实桥梁。要抵挡应试教育的侵袭，终生阅读是最好的武器。

人性的确太玄妙了。它有时那么阴暗，简直能吞噬一切。在某些时刻，它又是那么璀璨，宛如神灵的光。

物质的重建已不容易，心灵的新生更加艰难。我知道。所以，我眼中的教育，从来不仅仅是校园里的事。我把一切心灵的自我救赎，都称为自我教育。

真相未必是可爱的，所以，真之后还必须用善去包容；善良未必是智慧的，所以，善之后还必须以美去提升。

人生之路也就是自我教育之路。

很多时候，一本书的出版仅仅是为了传播知识。但是，还有一些更美好的书，它们是像生命一样的存在，让我们互相点燃，互相遭遇，并且互相影响。这个影响本身就是一种教育，一种大的教育、新的教育。

每一点真实的美好，都是一份饱满的希望。它最重要的价值是不仅温暖现在，而且坚定地指向未来。

萤火虽微，却是生命之光。我和我的伙伴们，都深信心为火种，都希望努力、尽力帮到更多人，使他们的人生绽放应有的光芒。

哪怕有这一切，事情却仍然没有想象中那么容易。

像红杉一样，协力同伴抵挡风雨，以合作取代竞争，从自身的生命拔节中品尝至深的喜悦，就能够成就不凡的精彩。对教师，乃至对所有成年人而言，当我们与同伴组成这样的"红杉林"，就意味着已经创造出了生命最壮美的风光——因为，最便捷的寻找，往往莫过于自己亲手创造。

什么是意义？如果在许多事之中寻找一件最有意义的事，是非常困难的。其实，确定的方法又很简单：一件正确的事，就有意义，如果一直坚持下去，那么意义就会越来越大。归根结底，意义是由人自己赋予的。

以脆弱的躯壳，在短暂的时光中，尽一己之力，筑造永恒的精神家园。

这，超越所有的职业，又存在于一切职业之中。

这才是生命的意义。

家，是最小的个体和群体之间的关系，是最具善意的心和心的交流，是纷繁人世初生的嫩芽。所谓人世，不过是自我的外显，是家庭的扩大。

无论如何，我们都应该重视教育。越是赤手空拳，越应该重视教育。

只有正确的自我教育，才能让人尽最大可能掌控自己的命运；只有正确的家庭教育，才会为孩子赢得幸福的筹码。只有幸福完整的教育，才是平常人家最可靠的美好生活保障。

幸福，从孩子开始，从家庭开始。

从一家，而家家。由一人，到人人。

壹 缘起 1999 一笔助学款的两次绝望

题记：

　　该说什么好呢？

　　许多朋友说我一直没变。我不以为然。

　　翻出这篇十一年前应编辑要求写下的文字，对照这些年的心路一看，不禁长叹一声，百感交集——原来，朋友的眼睛才是雪亮的。

　　发现这一点，也不知该喜该忧。

　　或者，应该喜忧参半吧。

《绝望是乡村真正的死亡》 童喜喜摄于内蒙古

1999 年，我还在上班，一天收到一笔稿费，恰巧在报纸上看到湖北省妇联正在举办"春蕾行动"，专门资助贫困失学女童。发现资助一名失学儿童所需金额恰好和我的这笔稿费差不多，我就捐出了这笔稿费，资助了一名失学儿童。

　　后来的一天，我突然收到一封来信。竟然是这名大悟县的失学女孩给我写来的。信中说她收到了捐款，可钱被父母拿去买了化肥、农药等，她并没有上学。

　　看着女孩工工整整又有些笨拙的字迹，我傻了眼。我向朋友们讨教此事，朋友们众说纷纭，但一致表示怀疑。许多朋友都说，这封信肯定是女孩的父母授意写的，就是为了再要一些钱。

　　其实，在收到女孩的来信时，我已经辞职了，自己的生活也开始处于动荡之中。听到朋友们的分析，加上我的实际状况，这封来信让我不知所措。最后，有一位朋友建议我将来信转给组织活动的报社。我一听这个方法，大喜过望，连忙打电话给报社，详细反馈了信息，请他们去具体了解真实情况，然后，我就没有再直接资助这个女孩。

　　我打完电话之后，报社没有给我任何反馈。一切就这样不了了之。

　　这件事一直藏在我心里。

　　如果不是我的资助，那个女孩失学了，绝望了，也就算了。正因为我的资助，女孩又一次燃起了希望，可这希望之火再一次被扑灭——这一次，我却没有再伸出援手。

　　与其说女孩的希望之火是被父母扑灭的，不如说是被贫困扑灭的，甚至，是被我扑灭的——我辞职后，生活的确不再像原来在国企工作时那样稳定，但我是主动辞职的，起码我的生活不成问题。挤出几百元资助那个女孩，我真的做不到吗？如果我再一次帮助了她，她今后的人生会有怎样的改变？我总是忍不住问自己。

当我的生活遇到困难时，我倒不记得这个女孩子。一旦我的日子稍微过得顺畅一点，懊恼和内疚就会时常跳出来，纠缠着我。

2003年2月，我写的第一本纯文学的长篇小说《模范手套》（出版时被更名为《爱乱了》）被出版社看中，刚刚签署了长篇小说的出版合同，心情非常轻松愉快。在网上闲逛时，无意中看到春风文艺出版社小布老虎丛书中一部长篇的电子版。之前从未接触过儿童文学的我，马上感觉我也可以写这种故事。我就想：写出一个"孩子的故事"，就用"孩子的故事"所能赚的钱，来资助孩子。我把它称为"写一个故事送给世界"——这实在是件很浪漫的事嘛，我想。

于是，我用了六天时间，写出了《嘟嘟嘟》。因为我写这个故事的起因就是看到"小布老虎"丛书中的一本，作品完成后，我就去书店翻了翻小布老虎丛书，翻到了联系邮箱，就用电子邮件将书稿发给了春风文艺出版社小布老虎。编辑室。

至此我只知道"小布老虎"丛书是国内有名的品牌丛书，但对该品牌是当时的国内第一童书品牌，此前出版的都是名家作品等情况毫不知情。或许，如果我事先知道了，反而不敢投稿了。

投稿后，我从天津回到湖北老家陪伴父母，手机停机，一直未上网。大约一个月后上网，突然发现时任小布老虎编辑室主任的单瑛琪老师早就发来了邮件，说她准备出版这本书。

事隔四年，对出版业有所了解的我，才明白这真是个奇迹：被小布老虎丛书知名度吸引投来的稿件可谓浩如烟海，我又是一个从未写过儿童文学的绝对新人，这样一篇自由来稿，一个完全陌生的名字所写的长篇，竟能被单瑛琪老师认真阅读，选中出版。

每种职业都是有意义的。让世界美好，其实用不着喊很多口号，甚至用不着额外做很多事，很多时候，我们只需要安安静静地、认认真真地做好本职工作，就足够了。就这样，单瑛琪老师书写了《嘟嘟嘟》一书的命运，也改变了我的人生轨迹。

2003年7月，《嘟嘟嘟》一书正式出版，单瑛琪老师要为书做宣传。这时我才发现，凭空向我飞来了很多诸如"捐款""爱心"之类的高帽子。我被凭空贴上了很多诸如"捐款""爱心"之类的标签。

我只是写了一个故事，捐的也只是这个故事。若不是单瑛琪老师及其他幕后工作者的共同努力，这个故事不会被发掘，更别提最终让 30 个孩子重返校园了。

我始终坚持：文字工作者写出一个故事没拿稿费，和有力气的农民在别人拉车上坡时推了一把而没收钱，本质是完全一样的。

所以我拒绝了任何宣传。我非常非常喜欢单瑛琪老师为《嘭嘭嘭》所写的编辑手记《其实很简单》一文中的一句话："世界和生活本来就是简单的，而且如果每个人都能做一点点简单的事情，整个世界将会变得更加简单，比如，不再随地吐痰。"

经过单瑛琪老师耐心细致的工作，《嘭嘭嘭》的稿费直接捐赠给湖北省妇联，在十堰市成立了一个"童喜喜春蕾班"，有 30 名女孩子在此从 3 年级读到 6 年级。我没参加其中的任何活动，但给孩子们写过一封信，告诉她们：读完 6 年级，我会资助她们继续读下去。

成为认真而快乐地生活的女子

亲爱的小妹妹们：

你们好！

我很高兴能通过春蕾行动，与你们相识。你们都是坚强的好孩子，都是面对困难，没有低头的小英雄。

在人生路上，谁都会遇到困难。我在困难时，也曾接受过别人的帮助。如今，我有机会能帮助到你们。也希望你们在有能力时，去帮助身边那些需要帮助的人。让友爱的火把一个个传递开来。

请你们记住：贫穷或许是种不幸，但绝不是你们的耻辱。对于年少的你们来说，贫穷更会成为智慧的试金石。希望你们放下包袱，能够尽一切努力去学习！不论你们读到初中、高中甚至大学，我都愿尽我所能地帮助你们。

更重要的是，无论你们长大后是读书深造成为城市的一员，还是满怀梦想到城市工作，或者留在本地为家乡的发展而奋斗，我都衷心希望你们能成为自立、乐观、勇敢、快乐的人——成为认真而快乐地生活的女子，是我对你们最大的期望与最衷心的祝福！

愿你们好好学习，取得优异成绩！

童喜喜

2003 年 9 月 3 日

2004 年 8 月，我到十堰市茅箭区大川镇卡子村卡子小学支教。到山区之前，我购买了几百元的文具用品，托人送给了"童喜喜春蕾班"的学生。我始终没敢去和这些孩子们见面，因为听那里的老师转述过孩子的想法，而我仅仅是想象一下被他们视为恩人的感觉，就觉得如坐针毡——事情本不应当这样！能够受到应有的教育，本就该是孩子的权利！

我支教的那所隐藏在大山里的卡子小学，全校仅 16 名学生，分学前班、一年级和二年级这三个班级。我是建校以来唯一的女老师，难怪深受孩子们的喜爱啊！有个叫蔡建红的女孩，因母亲患病家境贫困，9 岁才上学，当时在读二年级，学费都是父亲用农产品抵交。因此我在离开时，帮她交了 1000 元学杂费，让她能安心先读完小学。

本来我准备一直资助"童喜喜春蕾班"的孩子们读书，可国家推行的义务教育，一举解决了全国孩子的受教育问题。这真是令人开心啊！政府啊，继续努力吧！

去山区支教的经历，让我看到了山区孩子文化生活的匮乏，因此我想向贫困孩子赠送课外书。2005 年，我到一所希望小学去赠送了 300 余本课外书，积累了一些送书经验。我还在把《嘭嘭嘭》继续写下去，从一本《嘭嘭嘭》变成"嘭嘭嘭"系列，将这个系列的稿费，都用来做有意义的事。

事实上，无论是《嘭嘭嘭》，还是"嘭嘭嘭"系列，对这个世界的意义，都是微乎其微的，甚至对孩子们的意义，其实也是微不足道的。我深深明白，这件事，其实对我最有意义。我是这么浮躁的人，只有不断地向生活深处走去，只有真正踩在土地上，才能对我的心灵进行挖掘与冶炼。

我清楚地记得赠书那次见到的一个男孩。那个小男孩一拿到书，对还在发书的我毫不在意，对周围欢呼跳跃的同学也毫不在意，他坐在教室的第一排，却犹如置身无人的旷野，打开书就开始阅读，眼睛亮闪闪的，满脸喜悦，有一种几近神圣的模样。

就在那一刻，我感觉到了写作的意义。

能够意识到自己富有，一定是在付出的那一刻。送书的时候，我就觉得自己是天下最富有的人！

好啦！这就是《嘭嘭嘭》前后的所有故事。

因为这些故事，我成了一个多么幸福、幸运的人！

我要有颗最厉害的心，写出最棒的故事！

2006 年 4 月 18 日于北京

题记：

　　这是一份回答记者采访的资料，在我的电脑里，以《采访的肉麻话》为标题存了下来。

　　当时，一本杂志准备重点推荐我的一部中篇小说，派一位记者进行网络采访。第一次采访是以 QQ 聊天的形式进行的，因为我一直不愿意接受采访，每次回答总是那么一两个字，记者非常不高兴，采访中途就停止了。记者把我批评了一顿，说我是有意不配合采访。我自知理亏，就请记者以邮件的方式提问，完成了这篇采访。

　　从 2003 年出版第一本书开始，到 2008 年已出版十几本书的这 5 年中，我接受过 3 次采访。

　　回头来看，幸亏有这些采访，当时的情景才留下了记录。

　　唯一可以肯定的是，我从未自觉高尚。只是，我深切感受到了什么是幸福快乐。

　　可能，我获取幸福快乐的方式，和很多人不太一样吧。

贰　真相 2003　在高尚背后

《怒放之歌》 童喜喜摄于湖北

很多人知道我，是缘于将《嘭嘭嘭》的稿费全部捐给山区孩子资助他们读书。而这件事，回想起来，简直是场喜剧。

这件事，我在心里一直很浪漫地将它称为：写一个故事送给世界。

从本质来说，作者写一个故事没拿稿费，与农民出了把力气没收钱，是一样的。

从现实来说，作者因此受到了比农民多得多的关注，是我万万没想到的。

当春风文艺出版社的小布老虎编辑室决定以首印 5 万册的数目出版此书，并破天荒地在北京召开新闻发布会时，我发现，这件简单的事，变得没那么简单了。

与此同时，另一出喜剧在我家上演。

我不喜欢说我的家事。我深信幸福要沉默品味。我希望少说他们的好，就可以让他们活得更好。

可这次无从回避：这的确是故事的另一面。

我的家庭非常普通，吃喝不愁，不穷也不富。2002 年初，父母因为单位效益不好，提前退休了。向来节约的他们本可以用微薄的退休金安度晚年，可他们却豪气冲天，拿出所有积蓄，又大笔借债，开始第二次创业——水产养殖。

这时我在天津，和父母每天用短信联系。短信里，他们一切都好：虽然辛苦，但身体得到锻炼，反而变好了；自学的养鱼技术竟然比老手还厉害，别人家的鱼死了，我家的鱼很好；到了冬天，大丰收了，他们让我赶快回家吃鱼……

我在天津完成《嘭嘭嘭》的稿子后，回到家里，才发现，父母在这一年里好像苍老了十岁。但听我说准备用稿费帮助孩子时，父母的笑容，烙在了我心上。

后来，鱼出塘了，我在岸边统计数字：3000尾鱼苗，被偷1600多尾，更重要的是，捕捞之前不可能知道鱼苗被偷，在饲养的一年中，喂鱼的饲料仍然是按照3000尾鱼苗投放的——算一算账，损失近十万元。

我们都傻眼了。我心里更是百感交集。

如果这时父母流露出一丁点不愿捐款的意思，我都会毫不犹豫地把稿费拿回来。

爱一个人，与爱世界，我从不认为前者比后者容易。

可父母没有半句反对。恰恰相反，父亲还给我讲了个我一直都不知道的故事：几年前，母亲从街上领回一个十岁的流浪男孩，在家养了半年，直到男孩父亲找来。

母亲只有一句话："如果你没写这本书呢？"

所以，当出版社要我协助宣传工作时，我拒绝了。编辑单瑛琪老师无奈之下，从我当时的个人主页上找了些文字充数，甚至把我与她之间的私人邮件，都作为宣传资料发表了。

我的确不知道该说什么，但我很清楚：宣传通稿里的不是我。我所经历的，不是宣传资料里明确的黑与白，而是那杂糅种种的灰色。

尘世没有天使。所谓光环，不过是聚光灯的效果而已。

我非常爱我的父母。非常爱。我拼命劝父母不再养鱼，他们死活不同意，都不愿把沉重的债务压在我肩上。于是，全家一起努力。父母继续养鱼，哥哥为他们配备了大量监测设备防小偷。而我努力工作，先借钱帮父母投资，再用稿费替父母还债。2005年3月，我们终于还清了所有债务。平静的日子再次降临。这出喜剧才算彻底落幕。我为我的父母骄傲。我也想努力成为他们的骄傲。

支教一直是我诸多心愿中的一个。但很多有心于此的朋友都知道，这个看似简单美好的心愿，实现起来却相当麻烦。

2004年7月，我和两个朋友联系妥当，一行三人前往新疆阿勒泰地区支教。

结果因为家事，到了2004年8月，支教地点改在了十堰山区的卡子村，人员变成只有朋友李西西与我同行。

这是一次难忘的、失败的经历。物质上的匮乏，精神上的贫瘠，山民的麻木，孩子的懵懂，都让外来的我们触目惊心。这种生活，无法用一两个事例说清。正是这样强烈的刺激，让我和李西西在山区共同创作出了带给孩子欢笑的"王卡卡"系列童书——当时实在太需要笑容了。

也正是这次失败的支教，让我再次深深感到个人力量的极度渺小。我的写作，是我的梦想。而现实里，我只能做那些力所能及的小事。

我们在山区看到，几乎每个农民家里，都贴着二十世纪八十年代的电影海报。那些海报破烂不堪，却又被人们一次次精心修复。而所谓的图书室，即使存在，也只是摆设。除了课本，孩子们连有字的纸，都难得见到。

所以我再次和李西西合作，继续写作《嘭嘭嘭》系列。也许这是一个独一无二的系列，我们要将此系列图书的稿费，成立"喜阅会"（喜阅读书会）。我们将会用稿费购买并收集人们捐献的图书，亲自将它们分送到每个山区孩子手中。我们相信，山区孩子对它们的爱惜，足以让它们在一定区域、一定时间内流传。

目前已完成了《小小它》的写作，即将出版。我们的活动，也即将开始。这会是我们一辈子的行动，也希望得到你的帮助——你可以捐出一本书，我们帮你送到孩子手中。因为有的时候，一本书，是一个天堂。

2003年5月至写这篇文章为止，我已出版了八本长篇小说，其中六本是少儿长篇，总印数在28万册以上。这些作品也获得了2004年全国优秀畅销书奖、思考乐最佳幻想奖等，数次被读书大赛选定为必读书目。

对于作品真正畅销的作家来说，28万显然只是个很小的数字。只是，如今在很多人印象中，作品的畅销程度似乎已与作品品质成反比。

而我始终认定：我不单纯追求作品畅销，我也绝不害怕作品畅销。

我不会为了作品畅销，而去迎合市场，改变自己的写作方向。但我更相信读者的判断，相信有价值的文字，最终将受到读者的认可。有价值的畅销，是每个作者所期待的。

二十世纪八十年代，大部分单本文学作品的销量，都是令人惊叹的。中国和很多国家不一样，因为文化的断裂与扭曲，上一代人曾经改变了世界，而如今，他们的生活，那曾经的繁华，已成孤岛，被时间冲刷，距离我们这一代越来越遥远，最终成为今日的背景。

我十分赞同陈村老师的一句话：你们这一代人的小说，将召唤自己的读者（大意）。

我理解的召唤，不是迎合，更不是带有欺骗性质的炒作。召唤需要的是强大的精神力量。

我自认并不是个具有强大精神力量的人。比起一般人，我甚至更敏感、脆弱。但是，我一直在努力，希望自己越来越强大。哪怕当初作为自由撰稿人，在手中的笔能够让自己的日子过得滋润时，我依然只赚取最低生活费，就罢手写小说——当然，从另一方面来说，也是我懒散的缘故。

我的懒散也延续到《复仇游戏》。这一篇稿早在 2000 年就完成了，那一年投稿后，有编辑认为这是写爱情的，我就再未向外投过稿。一直到现在，我改了三遍，甚至把警察的名字改为了"李响"——唯恐他人不知说的是"理想"。

当然，知道是"理想"的，总会知道。不知道的，就算直接让主人公叫"理想"也没有用。

或许我的主人公更应该叫"梦想"。因为，不是所有的"梦想"都能幸运地成为"理想"。我一直很清楚：我就是我。我只是我。如果说我也骄傲过，我唯一的骄傲是：我始终在坚持我最初的梦想。

2005 年 9 月 1 日

题记

2004 年 8 月，我终于圆了诸多梦想中的一个——去山区支教。

其实，更准确地说，当时我的目标是去山区，而不是支教。

对当时的我而言，山区意味着神秘，充满吸引力。教育呢？只是我深入生活的一种方法，是接触孩子的一种渠道，本身是一件枯燥的事情。

从教育角度而言，那是一场不值一提的支教，完全是比学生时代更淘气地混了一段校园时光。

从文学角度而言，那是一场效果显著的行动，就在那座大山深处的卡子村里，我和同去支教的李西西完成了《百变王卡卡》（原名《万能女生王卡卡》）系列童书的初稿。

从人生角度而言，那是一次五味杂陈，让我惊慌失措的经历：原来，生活是这样的？！

但是，我就像被吓呆了的人一样，我的笔当时根本不敢碰触真正的内核，只是记录了支教生活里的欢笑。

正因为有了这些明亮的笑容，才映衬出现实的严酷——如果没有好的教育，有的希望，就只是自欺欺人的说辞。

《路若琴弦》 童喜喜摄于新疆

去贫困山区当教师志愿者，是我的心愿之一。足足等了 5 年，到了 2004 年 8 月，我和好友李西西，终于有机会来到位于鄂西北山区的卡子村，成为卡子小学的临时老师。

　　当初为迎接"普九"检查而重建的卡子小学，在一栋两层的小楼里。这在卡子村一色的泥坯房中，属于超级豪华建筑了。

　　卡子小学，因条件差、学生少，近年即将被撤并。全校只有 16 名学生，分为学前班、一年级和二年级。除了蔡建红同学因家庭贫寒 9 岁才上学，11 岁还在读二年级，其他学生都在 8 岁以下，学前班学生最小的只有 5 岁。

　　在这里，各家各户都散落在山沟里，上学翻几座大山很平常。因此，除了 4 名学生家离学校比较近（距离学校近十里山路），可以每天步行上学、放学回家吃饭，其他学生都要住校，一周只能回一次家。

　　卡子小学一共只有 3 名老师。其中，负责学校日常管理的是朱老师，他在当地驻守了一辈子。蔡老师、郭老师都是这一年刚刚调来的。

　　在李西西和我去之前，那里十几年没有女老师，也完全没有语文和数学之外的科目。

　　于是，李西西和我负责了除语文和数学之外的所有课程：品德与生活、音乐、绘画、体育、自然……我们还给大家讲地理，甚至当上"电教老师"——也就是用我们的电脑放映科普片……

我和李西西像比赛一样，施展开浑身解数。与其说我们是上课，不如说是打开另一个世界的窗口，和大家分享那里的一切。

山里的世界，也这样在我面前打开。

虫

山里有种小蠓虫，个头大的如同芝麻，小的仅有芝麻的一半大小。和它相较，蚊子显然是臃肿笨拙而善良的巨虫。这种蠓虫，性情也爽利干脆，扑上便啃，绝无蚊子那样"注射麻醉"的行为。其个头小，令人防不胜防，唯我这种身手敏捷之人，才能在它刚降落于身上时，迅疾拍打。李西西开始还敏捷地对付它们，时间一久就麻木了，我打完自己的，见他腿上有一黑点，试探地打过去，竟鲜血四溅。

但这是闲时。工作时，就无法兼顾了。蠓在身体裸露之处肆意开口，咬后的感觉很特别：它不像蚊子叮完只有一处痒，而是以点带面，让人一时间只觉得浑身四处发痒，却不知源头何在，只抓挠得浑身发红，方才痛快。

有一天晚上，也不知道我做错了什么，等到上床准备睡觉时，看到满床的虫啊，再看蚊帐上也满是各种各样的虫子。我在床上又扑又打，双掌难敌群虫，一直没有处理干净。找李西西商量，准备来个釜底抽薪——把床顶上的灯挪到旁边去。可是看看电线，没有什么富余的，一时间也只能作罢。又打开窗外走廊上的灯，声东击西把虫子吸引出屋，可惜光线暗淡，效果不大，没过一会儿，朱老师不知内情，叫我关灯，我就把灯关了。

不过，这时我终于想出了另外的办法：我翻出了一个床单，请李西西帮忙，把它盖在了蚊帐顶上，好歹堵住了蠓虫的从天而降之路。

师

朱老师对我们很好，为了帮我们改善伙食，从八里山路外的姐姐家，买回两只鸡。

这天早晨，朱老师杀了一只鸡。然后，我就发现朱老师隔一会儿就去学生宿舍里看看，还说："哎！怎么还不吃啊？你真的不吃？"

我很奇怪，以为学生提前上学来了。溜过去一看，才发现他把另一只鸡养在学生宿舍里，地上还撒了一些米。只是鸡很刚烈，竟然一口也不动。所以朱老师隔一会就去看一看，叹口气，用对孩子说话的口气劝鸡吃点儿米。

在卡子村，平时用水都靠学校门口的水沟。吃也靠它，洗也靠它。

但是，到了下雨的时候，水沟里就泥汤滚滚，不方便了。

这一天早晨下雨。去提水时，朱老师让我去隔壁商场提"自来水"。

我非常开心，专门问："要钱不？"

"那要啥钱？！"朱老师豪迈地说。

好事不能独享。我叫上李西西，欢天喜地地到了隔壁大院子里。女主人爽快地指了地方让我去接水。

那是一个接着一根长软黑胶皮管的水龙头，一线清亮的自来水还在细细流着。

我拧开水龙头，哗啦哗啦地接了一桶。李西西乐呵呵地盯着自来水，但他的眼神渐渐不对了，问："这水怎么是黑的？"

我一看，似乎有点黑。我想了想，说："应该是桶外的水泥池子映出的颜色吧！"

接满一桶水，提下水池仔细一看，傻眼了：果然是一桶黑水。

我和李西西垂头丧气地回来，都忘记了向女主人道谢。

朱老师笑嘻嘻地在门口问："怎么样？不错吧？"

我忍不住说："可是……这自来水是黑的啊！"

朱老师不信，瞪着眼珠子："不可能！"

我把桶放下，朱老师伸头一看，一皱眉头，说："就是这颜色！提回去沉淀一下就好了。"说完他一把接过桶，不顾我跟着啊啊叫，两大步就把水提到门边。

这时，他恍然大悟似的说："对了，这自来水要慢慢放，水小点，就是清的，现在是雨天，如果再放得大点，就会浑了。"

原来如此！

生

学生们从来没有上过这样的课，而且我们平时也嘻嘻哈哈的没什么老师的样子，很快，学生们就和我们熟悉起来。

与此同时，学生们"老师""老师"的喊声，也开始不断响起——他们是跑来告状的。

起初我一听学生们这么急切的呼唤声，总是非常紧张地一跃而起，狂奔而出，担心发生什么不测。

结果呢？谁拿了一下谁的东西，谁在玩闹时打了谁一巴掌，甚至谁看着谁哈哈大笑……都会在第一时间报告到我们这里来。而且，告状的往往不是当事人，而是旁观者。在我处理问题时，所有学生都会极其兴奋，飞快地围上来，就像看一场表演。

次数多了，我紧绷的神经走向另一个极端——完全松弛下来。再有学生来告状，喊一声两声，我也懒得搭理。

可是，学生比我更有耐心。我不答应，他们就站在我的卧室兼办公室外，从门喊到窗户，从窗户喊到门。

我想躲起来？绝对不可能。但要是我出现，对这些连鸡毛蒜皮都谈不上的事，我又能说什么？又该如何处理呢？

不知哪天，我福至心灵，看到面前站着的两名学生，我问"被告"："你为什么打他？向他道歉没有？"

"被告"呆呆的，不知该如何回答。旁边的同学安静片刻，大叫起来："没有！没有！"

我便正色说："要道歉！向他说对不起！"

"被告"说了。

"原告"显然对这种方式很满意，笑眯眯地站着，怪享受的样子，却也不知如何应答。

于是我又问"原告"："你愿意原谅他吗？"

"原告"眨巴着眼睛看我，笑嘻嘻直点头。

我说："那你该说没关系。"

发生这件事后，我干脆用了一节课的时间，用来教大家礼貌用语："请""你好""谢谢""对不起""没关系"。讲完这些礼貌用语的含义和用法，我又让他们分成四个小组，到讲台上分别扮演不同角色，来演示一遍这些词的用法。

大家学得很开心，演得也很卖力。

更重要的是，后来再发生类似的告状，我只需在屋里高喊一声："他道歉没有？"

外面那些围观者自然会回答："没有！"

我就吩咐："让他道歉！"

还别说，用我的"道歉法"处理学生矛盾，真有奇效！从那以后有了争端，在我的询问下，常常听到有孩子带着哭腔说"对不起"，有孩子流着泪答"没关系"。真是孺子可教啊！我自己也大为得意。

没过几天，学生郭志平课间练拳，居然一拳把同学李小龙的铅笔打得裂成了两半。山区孩子基本都只有一支铅笔，李小龙自然大哭。很快，他们的"战场"就从教室转移到我的卧室兼办公室里。

我一边暗叹铅笔质量低劣，一边赶紧督促他们使用我的"道歉法"。于是，郭志平道歉，李小龙泪流满面地说："没关系！"

我很奇怪：为什么李小龙嘴里说着，目光却恨恨地紧盯郭志平？

想了想，我再次向李小龙解释："说没关系，就是原谅他。原谅他，就是再和他做好朋友。你真的愿意原谅他吗？"

听了我的话，李小龙低头想了很久，终于大声回答："老师，我不原谅他！"

——原来他们没有真正弄懂"没关系"的意思！原来"道歉法"存在如此重大缺陷！

最后，我买了一支铅笔送给郭志平，让他赔偿给李小龙，他们这才和好如初。我呢，又连忙趁课外活动时间，把学生集合起来，对礼貌用语的含义，做了进一步的巩固说明。

这一次，学生们终于可以灵活运用了。

有一天，学生来报："老师，吴鹏打郭志平。"其实所谓的打，不是真打架，通常只是玩耍时打了一拳而已。

我问："吴鹏道歉没有？"

每到这种时刻，围观的学生就像看表演一样，兴奋异常。郭志平还没说话，他们就高声齐答："没——有！"

话音未落，吴鹏就出现了。没等我开口，吴鹏就说："郭志平，对不起……"

我很得意地站在一旁，欣赏我教育有方的成果。

郭志平马上真心诚意地回答："没关系！"

吴鹏满脸不高兴。他使劲扯扯郭志平的袖子，粗着嗓门大叫："你别说！你别说！我还没说完呢！"

郭志平有些发愣。吴鹏顿了顿，又换了一种和他平时说话不同、甚至不像男生的温柔的声音，说："郭志平，对不起，今后我再也不打你了。"

郭志平等了半分钟，确认吴鹏说完了，再次回答："没关系。"

说完，他们俩一起心满意足地抬头看着我。

——这样的时候，能够忍住笑容，真是太辛苦啦！

进山区教书，是我多年来的想法，早在《嘭嘭嘭》出版之前就有了。

这个简单的想法，却多年来没有实现的机会。说来，也正因如此，才有了《嘭嘭嘭》的诞生。

我的一大特点便是做事只凭想法——想到就去做。

相信有支教想法的朋友不在少数，而能够做到的却不多。

我一定要大力做一下广告：如果你的每一口呼吸都是一种享受，如果天空的每一次变幻都是无法重复的美景，如果每个人都在向你由衷地微笑——有了这些，哪怕仅仅是这些，还不足够让你离开城市吗？何况只是暂时离开。

其实，在去支教之前，我做过很多计划，比如，我想过要每天都写支教日记，而且还写好了一个开头——

今天即将过去。

对过去的悔恨、对明天的恐惧、对今天的虚掷，组成了大多数人一生的生活内容。所以，在我回看虚度的光阴时，我更希望用已来临的今天，去做一切自己想做之事。

一个亿万富翁多赚了十万元，一位拾荒者偶然发现一堆可乐空瓶——两者相较，应该是后者获得了更大程度上的快乐。

　　幸福来自对想做之事的实践，而快乐则来自世界对你所做之事的回报。所以，幸福绵长，快乐短暂。若率性而为地助人，在获得快乐的同时也能遭遇猜忌，那么，我起码是幸福的。

　　人弃我捡。我很高兴能不争不抢，用他人眼里的破烂，构建我的宝贝人生。

　　这，是我在卡子村做志愿教师的日记。或者，你为此生劳碌一天后，会想来看看，在这世界的另一面，在地球某个角落，就在今天，发生的事。

很可惜，最终我还是没能坚持。只能在回忆中用这文字的水滴，映照出那时那日的七色阳光。让这段卡子小学的支教时光，逐渐消融在我的生命里。

2005 年 1 月 10 日于北京

题记

2005 年 6 月 20 日，我写下一段话："北京的下午，我出门，遇雨，进超市躲避。雨停后，回家。第二天上网，发现昨天下的不是普通的雨，而是北京二十年来难得一见的冰雹。真正的生活，用除了眼睛，还可以用呼吸、皮肤……用一切能抵达心灵的方式去感受。传媒的力量太大了。太多人越来越习惯于从各种传媒得到资讯。且不说哪怕最客观的资讯，都有传达者的角度在巧妙矫正获得资讯者的心态，哪怕是真正百分之百绝对客观的资讯，你也无法获得亲历者的感受。举一个极端的例子：当伊拉克战争发生时，无论你从多少途径中看过多少相关报道，无论事后剪辑还是现场直播的，你永远也无法体会到枪炮响后粉尘落到身上，死神和自己并肩而行的感受。"

写作特别容易让作者成为生活的旁观者。真正的生活，比如山区支教经历，却又会让我陷入虚无，因为，一旦活在生活里，我就立刻认识到：对于世界，太多太多事，我无能为力。

从 2004 年底开始，李西西和我共同创办"喜阅读书会"（简称喜阅会）。李西西亲自架设"喜阅会"网站，从 2005 年底开始，我们开始向贫困孩子赠书。到 2007 年，我们陆陆续续为数千名孩子送去了各类课外书。在一次采访中，我和李西西留下了下面的记录。

对我而言，与其说是在帮助孩子，不如说是我在自我拯救——我希望，我能找到存在的意义，幸福地活在生活里。

《云间》 童喜喜摄于西藏

2005 年 12 月 16 日，湖北省鄂州市梁子湖区金海希望小学的孩子们，每人获得了一本课外读物。《安徒生童话》《世界优秀童话选》《十万个为什么》……捧着书，这些从没拥有过自己课外书的农村孩子，喜笑颜开。

这是"喜阅会"的第一次活动，这次活动，我们赠送图书约 300 本。

把小事做好

童喜喜：

有很多组织与个人都在捐助农村孩子、贫困孩子。不过，我们的"喜阅会"却和别人有些不同。尤其是我们将书直接发到孩子手中，而不是建立图书室，这更让大家不能理解。许多人都问：建立图书室，不是会让更多孩子看到书吗？

李西西：

我们曾经去过很多贫困地区，也到贫困山区支教过，通过很多渠道，我们发现：很多贫困地区设立的那些图书室，因为种种原因，都成了摆设，仅供参观。这样，即使有一些书，往往都会被锁起来，无法真正被孩子们阅读。

恰恰在这样的地方，孩子们对一本书、一张画片甚至一张漂亮的纸，都极其珍惜。

我们看到，在他们家里墙上贴着的还是七八十年代的图片。我们就有了这个想法：把书直接赠送到孩子们手中，通过他们自己的交换，让图书在民间流传。这样一则减少了老师们的工作量——贫困地区师资缺乏，老师们的工作也是极其辛苦的——更重要的是，要让那些图书真正成为孩子们的精神食粮。

现在的书除了少量是热心朋友捐赠，基本都是由我们自费购买的。我们将会继续写作"嘭嘭嘭"系列，将这一系列的稿费，用来向孩子们赠书。

同时，我们也希望有更多人赠书给这些孩子，可以由我们代为分发到孩子手中。赠书者可以在书中夹上贴足邮资的信封，留下自己的联系方式，就能与获赠的孩子取得联系。这样的交流，能促进城乡的沟通与理解，我们觉得那将更有意义。

童喜喜：

"让有书的孩子更爱书，让没书的孩子有书看"，是我们成立"喜阅会"的宗旨。我们的力量很小，只能做这种小事，就尽力把小事做好吧！

不过，第一次进行赠书活动，我就深深感到——知识太重了！书太重了！

什么买书、搬书之类的苦活累活，基本都是李西西作为主要劳动力，可那天凌晨的"黑车奇遇"，让我印象深刻：16日凌晨4时，我们从武汉出发，为了节约路费，我们乘早班巴士、换早班公交车、再换的士，6时到了高速公路入口。结果旁边加油站的师傅告诉我们，到8点左右才有开往鄂州的班车！可那样一来，我们就迟到了。于是我们想在路口拦一辆过路车。刚一伸手，一辆疾驰的白色面包车就停下来，对方不谈价钱不问目的地，硬拉着我们上车。车上有三个壮汉，车内黑乎乎、臭烘烘的，也不知装了些什么，害得我提心吊胆。幸亏有惊无险，到了高速的出口，他们把我们给放下了。我们这才转巴士进鄂州市区，再转车去了希望小学。

李西西：

我也没什么累的。尤其是到了希望小学，当孩子们一听说那些书都免费送给他们时，那欢呼声，那笑脸……真是太美了！再累也不觉得了！我们以前也没有做过这样的事，经验不足。所以，这一次也没敢多买书，只是为了积累经验。下一次活动相信会顺利很多。

当初，仅仅《嘭嘭嘭》一本书所获得的5万元稿费，童喜喜捐助给了湖北省"春蕾助学活动",就在十堰市茅箭区成立了"童喜喜春蕾班",使30名失学孩子重返校园。接下去应该可以做得更好一些。

童喜喜:

那件事过去很久啦!从一个故事变成一笔钱,需要很多人的共同努力,那件事不是我一个人做的。现在,我们打算将这一系列继续写下去,把稿费用于这个活动。李西西和我还在共同创作一些作品。

李西西:

我觉得所谓捐赠稿费,要和作品分开:重要的不是我们用稿费干什么,而是我们身为作者,要写出精彩的文字,用内容去征服读者!虽然我的写作才开始,可童喜喜的小说,不是已经获得很多国家级大奖吗?内容为王,我们希望让读者认可我们的文字,让童喜喜、李西西成为优秀作品的一种标志。

用心灵歌唱

李西西:

有很多人误以为我们去年曾经在十堰山区支教,就是在"童喜喜春蕾班"。其实不是的。

和我们支教的学校相比较而言,"童喜喜春蕾班"所在学校的条件可太好了。我们是在茅箭区的最后一所不完全小学——卡子小学,从学前班到二年级,只有三个年级,全校只有16名学生。山区的村庄很分散,大部分学生都是住读。有个女孩家里特别贫困,直到9岁才开始读书,而且学杂费还是用菜呀、米呀等实物替代的。离开的时候,我们就资助一千元给这个女孩,希望她能继续读下去。

我们当了两个月的老师,和学生同吃同住,只有中秋节那天吃了一回猪肉,觉得味道特别鲜美。那里最近十余年都没有女教师,据说上一次湖北电视台有位女主持人去那里采访,教孩子们唱了一首歌,结果走的时候孩子们哭着追赶着送出几里路。因此爱唱歌的童喜喜一听说这件事，就坚持要去那里。果然，她在那里如鱼得水，特别受孩子们的欢迎。

童喜喜：

李西西没有老师架子，更像学生们的朋友。我"又夸又批""文武双全"，学生们对我又爱又怕！

其实我们做好了支教一年，只在半年后寒假出山回家过春节的准备。结果因我家有急事，北京一位编辑又突然进山区约稿，我们的支教行动就这样"雷声大、雨点小"，草草收兵了，实在遗憾！唱歌挺好的，音乐啦、写作啦，都是心灵在歌唱嘛！今后有机会，我还会去给孩子们唱歌的！

说起这部书稿，许多朋友也感觉奇怪过：是什么稿子，让编辑情愿深入山区约稿？

我和李西西在卡子小学教书，教学生除了语文、数学的一切科目。就是在给学生们讲故事时，产生了想法，共同创作了"百变王卡卡"系列。因为所处之地偏僻，通信非常不方便，我们要爬到山顶上，才能接收到手机信号，再用笔记本电脑上网。我们通过网络向北京接力出版社投稿后，接下来的数天山区天气不好，无法爬山上网。可能是出版社着急了，就派潘炜编辑直接杀到山区了。潘炜编辑还千里迢迢地给孩子们带了满满一大包课外读物呢！我们当时没有带钱，资助那个女孩都是打的欠条，后来见到潘编辑，还是向他先借钱垫上的。

李西西：

《万能女生王卡卡》系列作为全国优秀出版社接力出版社2005年、2006年的重点选题，6月出版了第一辑4本，非常受欢迎，而且在暑假和即将到来的寒假，都成为全国推荐阅读的优秀书目。

接下去，为了实现"让有书的孩子更爱书"的承诺，我们还会参加教孩子们如何快乐阅读的系列讲座，同时准备第二次赠书活动。努力写出更多更好的书，努力让更多贫困孩子有一本课外书，我们会一直这样努力。

2006年3月6日于天津

题记

　　鲁迅文学院，简称鲁院，官方简介为"中国唯一一所国家级的以联系作家、服务作家、团结作家、培养作家为宗旨的教学与研究机构"。

　　2007 年春，我被湖北省作家协会推荐，进入鲁迅文学院第六届高级研修班学习。

　　这是中华人民共和国成立以来的第一届儿童文学作家班。聘请的老师当然都是各个领域的一流专家，全班 53 位同学的背景也精彩纷呈：论地域，大家的家乡囊括了全国所有省市自治区直辖市；论年龄，大家的年龄囊括了 20 多岁到 50 多岁的各种年龄段。

　　虽然当时我还处于自闭阶段，在为期 3 个月的深度研讨中，和全班同学中有语言交流的不足 10 人，还缺席了诸多交流活动，但我没有缺席一节课，每次上课都坐第一排。

　　在那一次学习结束后，我又找到相关老师申请下一届研修班继续旁听学习。可惜这个已被批准的申请，执行时不尽如人意，最后只是被允许象征性听了几次课而已。

　　即便如此，这一年，我已经清晰意识到：我其实不仅仅是"个体之我"——这次所受的教育，让历史、中国等这一类"大词"，第一次在我心中活了过来。

　　那么，我还是谁？我到底是谁？

　　这些问题，在这一年，我还没有找到答案。

伍　求学 2007　我的鲁迅文学院

《锦绣》 童喜喜摄于浙江

鲁院在哪里？在首都北京，在朝阳区的八里庄南里 27 号。

鲁院应该在哪里？对这样一座文学圣殿建造于此，从他人的文字、旁人的言语间，无数次听到疑惑。八里庄南里，介于四环、五环之间；不在大街旁，反在小巷中；丝毫没有国际大都市的繁华，丝毫没有属于文学的圣洁崇高，倒极其类似于八十年代的乡镇。

可鲁院，为什么就不该在这里？

我无数次穿过小饭馆、烟摊、成人保健用品店，看到三五成群在街边休息的民工，越过那些疲惫茫然的眼神，走进绿树浓荫的鲁院，走进平静安逸的生活。

我无数次穿过教室、整洁的大厅，经过饱食终日、捕鸟取乐的猫，走出鲁院，走进逼仄的街道，走近劳作的人群，走近尘土飞扬的工地，走进水深火热的生活。

并非琼楼玉宇才是殿堂。真正的文学之殿，本就应是尘嚣中的不灭光芒。

文学来源于生活，是对自我的修炼——此前的三年，我始终坚持这点。为此，我这些年里刻意地避开人群，到山区，到小镇，即使回到城市里，也深居简出，一直与我以为的文学圈子保持距离。

而鲁院让我看到了硬币的另一面：兼收并蓄与坚守自我，同样重要。

起初，我甚至不能相信我有机会来到鲁院。在湖北省作协无法割爱而齐齐推荐的五个人选中，我是唯一的非中国作协会员。能来到鲁院，这对我来说是个惊喜。可现回想在鲁院三个月的生活，我的脑海里空荡荡的，只有几个片段：教室第一排最右边的角落里，我挑的那个能最清楚地听课而最不被人注视的"宝座"；宿舍里那张不大的床上，我始终缩在那里，把笔记本搁在腿上……

至于其他，那被我称为"洗礼"的课程，我却无法再详细讲述它们给我的感受。天文、地理、美术、音乐、舞蹈等，无疑是开阔了视野。但对我而言，人类学、社会学、经济学、评论家眼中的文学等方面的课程，尤其有益。对口口相传的历史与文字记录历史的比较、对现今新农村建设的疑问与提议、对类似黑煤窑事件原因的深层剖析、对成人与儿童两个世界的对照……它们为我直接推开了看这个世界的新窗口。我真希望上午下午都有课，每天都有课！

现在，这三个月的所学，几乎已经溶入了我的血液中。我已不能分辨出哪些来自之前我对生活的思考，而哪些来自老师的授业。更或许，正因授业解了我所思之惑，鲁院的课，才让我如此热血沸腾。就算是那"邓小平理论"一课，事先我抱着"这次学习一定要全勤，不想听的课就作为是修炼耐性"的想法按时去听，等听到讲台上那位古稀之年的中央党校教授讲起张闻天的事迹，突觉心中雷声隆隆，而周遭寂静。我不由得泪流满面。

是的，你只有在鲁院的课堂上，才会为这样的事而哭。只有面对面听着这样亲历过历史的长者讲出，这些历史人物才不再是故事，而是有血肉有爱憎的朋友。

也就是那一刻，我深深体会到鲁院的魅力。

她提供优渥的生活环境，无微不至的照料，将你的生活琐事彻底过滤，正是为了营造出这样一个纯粹的精神空间，让你彻底沉浸其中。只有在这样的空间里，你才可能听到心灵深处哪怕最细微的回响。与此同时，她用课堂上面对面的方式，建立起通向不同时代间的通道，这些通道中，奔流着中华民族一代又一代人的热血。她将我们原本以为离我们遥远的历史，还原为普通生活，并力图促使我们将自身融入其中。

这就是鲁院。

这才是鲁院。

我已习惯了游子的生活，就更没想到这三个月的鲁院，会让我有如找到了灵魂的故乡。三个月里，我没有留下与任何老师的合影，但老师讲课的笔记，以及我的听课感想，我却记录了十余万字。我们这一届学员面临毕业，哭声一片时，我成了例外。不仅因为我的性格更乐于以文会友，更大的原因还是：我在计划着重返鲁院。

对这个世界，我有太多谜团。现在仍然如是。我很想去探索，却在浩如烟海的典籍里无从下手。在鲁院三个月，我悄悄从老师手里接过了几把钥匙。可我贪心，我还想从更多老师那里拿到更多钥匙。

尽管有师长善意提醒我此事并无先例，可我还是那般信心满满。当我千里迢迢重返那小院时，我几乎认定她就是守候游子的母亲，永远向我张开双臂。

可生活就是高于想象。

若不是这次返回，我永不会知道，要重返鲁院的课堂会让那么多师长为难。而之前三个月中的那种纯粹，那种庄重而圣洁的氛围，更是永不可能重现。

也许，我应该让我的鲁院时光，回放到8月9日吧？与同学们告别的朦胧泪眼相对，我一直笑，一直笑，乐得简直没心没肺。定格在8月9日，以笑容结束，一切似乎比现在完美。

可既能依稀看见前面的火光，又怎能不前行？即使到达火光的所走之路与常人有异。大家都说异想天开在作品里可行，在按规矩成方圆的生活里，势必会碰壁。生活和生命本身，为何就不能是因天马行空而璀璨的作品？在生活里碰壁并不稀奇，更没什么大不了。生命的火花可能正是来自碰壁。而一旦穿过铁壁，兴许就走出了新的路。

无论如何，我那三个月里用完大半的鲁院听课笔记本，在这特殊而来之不易的第四个月，又记下了新的一页。

而"鲁院在人一生中最多只有一次机会"之真义，因这段返回听课的特殊经历，于鲁院历届学员中，我当是体会最深者。这，就是种收获。之前的三个月，正因此愈发显出它的弥足珍贵。

当然我更清楚，尽管鲁院课堂已经如此包罗万象，存在于教室里的"万象"依然有限。只有生活，才是更大的课堂。每个人都必须成为自己生活的老师，打造出这个世界属于自己的钥匙。

那么，再见了，鲁院。下一段，就从今天起，从你这里启航。

听说，一年后鲁院将迁往新址。听说，新址环境之肃穆优美，远非现在的八里庄可比。

可鲁院，我的鲁院，我心中的文学之殿，你永远在沸腾的生活里，在这乡镇般的八里庄。

题记：

　　其实，这是一篇书评。没想到，冥冥之中，这篇文章会导致我的人生走向一个转折。

　　那是在配合"作家进校园"活动的旅途中，我无意中读到张刘祥老师的作品《追寻理想的教育——新教育实验手记之二》。第一次通过文字接触"新教育"，我激动万分。曾去山区支教、自认也算有了教师经历的我，以逃兵自居，写下此文，发表在新教育实验的官方网站"教育在线"论坛上。

　　半年后的2009年6月，这个帖子被新教育实验发起人朱永新先生看见，并在网上发布了《感谢童喜喜》的帖子。帖子全文称我为"他"，邀我参加即将举办的新教育年会。

陆　心动2008　一个逃兵的敬礼

《他人在窗外》 童喜喜摄于青海

张刘祥老师说，他是因为看到朱永新教授的文章《新教育之梦》，来到了教育在线。

而我，是因为看到张刘祥老师的书《追寻理想的教育——新教育实验手记之二》，才来到这里。

说来惭愧，我现在不是老师，而算是一名教师队伍逃兵：2004年8月，我到山区支教。准备好半年不出山，准备了最短要教一年。结果3个月后，家中亲人病危。我就此离开山区，离开好不容易争取到的教师岗位，重新成为一个"两面派"作者，直至如今。

2008年4月，我回到一所山区学校——我支教的卡子小学是所全校仅16名学生的"不完全"小学，已经被合并到现在这所学校——见到我教过的学生们。学生们和我，十几个人大哭两场。事后该校的老师对我说她很受感动、很受教育云云。我回答："如果我俩同是老师，你教语文、数学，我教音乐、美术，那孩子们肯定更喜欢我；如果你是一直教他们的老师，而我是外来的新鲜人，那孩子们肯定更喜欢我。而事实上，真正坚守在山村、发挥更大作用的，是你，不是我。"

这番话，发自肺腑，是我对我失败教师生涯的总结。我还说过另一句话：我所做的一切，加起来都比不上一位在山区教了一辈子书的最普通的老师。

这两句话，是我的心里话。但说实在的，事情还有另一面——残酷的一面。而后者，我从没公开对人说过，这才是我今天想在这里说的。

也是在那次重返山区学校时，我带去了一位爱心姐姐赠送给孩子们的图书。她知道我以支教所在山村为背景写了《小小它》一书，就买了近百册此书，托我送给这些孩子。我没想到学校为此举行了一个赠书仪式，要我在仪式上发言。于是，我代表学生向真正的老师们鞠躬致谢，嘱咐孩子们好好学习，去看更大的世界。短短几句发言，我情绪激动，几次哭得说不出话来。

我知道，在场的老师们肯定也为我的眼泪而感动。事后他们也的确这样对我说。但我却没有告诉他们：我的泪，如果说有一分是因为感谢，感谢山区老师的坚守，那么就有九分是因为悲哀，沉重得我无法言语无力承担的悲哀——因为，这些孩子，并不能真正拥有他们本该拥有的未来！

这是生命啊！这轻视的是最宝贵的生命！而造成这一切的，是谁呢？当然有各方面的因素。抱怨社会，抱怨环境，我们都会做。但是，我们每个人的责任呢？每个人自己就能做到的事呢？

德国反思二次大战，认为：希特勒一人无法打仗，因此希特勒应该承担他的责任，而每一个德国人也应该承担自己的责任。我们显然也能用同理反思我们的教育：政府、社会应该承担他们的责任，但我们每一个老师，是不是也该承担自己的责任呢？因为每个老师就直接面对着几十个孩子啊！

这就是中国教育的现状，所有人都知道。我也知道。但还是有些事，令我悲哀得只想心彻底死了，才好永得安宁——

我一直向贫困孩子赠书，采取的方式是直接把书分发给每一个孩子。我的编辑曾经很不理解这点，问：把书送给学校图书室，不是能发挥更大的作用吗？后来，编辑和我到山区学校，看到图书室里全是诸如《如何调解民间纠纷》等书时，他震惊了。回到北京后，他第二天就收集、整理了近两千册书，马上寄到该校。那全是最新、最好的书。

结果，我们两个月后再去回访时，发现那些书堆在图书室里，连包都没拆。我们默默看着，甚至没问原因，因为我们当然知道老师这样是有原因的：他们忙。我们也真的相信，他们的确很忙。临别前，编辑无力地叮嘱了一句："书还是要给孩子看看……"校方还是像以往一样满口应和。从此，编辑再也不质疑我把书直接送给孩子了。

我还资助过一个女孩，将她小学剩下三年的学费共一千元交给校长，校长还一本正经地给我打了收条。我以为把钱交给学校才可靠，因为此前我资助过一个孩子，是将钱汇到孩子家中，结果孩子没读书，还来信说钱被父母买化肥了。

三年后我看到这个女孩，她果然还在读书，读小学六年级。但我一问才知：她因没钱交学费，中途险些被退学。之所以她还能继续读书，不是因为我为她交的三年学杂费，而是因为当时正好换了新校长，新校长为她申请到了学杂费减免的政策。

可笑的是，第二天，我就见到原来的校长：他升迁了，调到城里一所条件优越的学校担任书记。他向我走来，和我握手，问我是否记得他。我看着他的眼睛，清晰地叫出了他的姓名。周围老师夸奖我的记忆力，而他显然有点意外，搓着手呵呵直笑。

这一刻，我的灵魂似乎脱离我自己，在天空冷冷看着我，看着我平静温和，一如既往地笑了笑，没再吭声。而灵魂在高空怒吼，既愤怒于他的贪婪与冷血，也愤怒于自己的懦弱和虚伪！

最终，我还是无法撕开那虚假的一团和气，无法开口追问他一千元钱的下落，无法质问他险些让学生退学的可耻行为。我甚至很快就为自己找了个借口，告诉自己说：那个女孩还在读书，也就算了，万一追问惹了麻烦，还可能会影响那个女孩接下来的学习生活……我发现，贫穷在我们这个国家，其实已经不再那么可怕，恰恰是愚昧导致对教育的冷漠，才是新一轮的贫病之源。但我，渺小如我，又能做什么呢？如果说我少了一点愚昧，那我同时又多了一分懦弱！

就这样，很多很多事，琐屑的、细微的，如同蛀虫，一点点蚕食着我的心。而我无法改变。甚至，就像我无法冲着笑脸发怒一样，我也逐渐身陷其中。

说实话，我很害怕，非常害怕！我怕自己有朝一日就变得和他们一样。但在他们之中，我又到底会变成一个什么样的人？我其实是越来越茫然了。

我一直以为，作者之间不用、甚至不应交往过密。一个作者的触角，应该一手伸向最热烈真实的当下生活，随时捕捉世界之变；一手伸向最遥远的经典著作，抓住那亘古不变不灭的精神。然而，也正是这种做法，让我没有能诉说、分担这种事的朋友。

所以，这些事我以为会永远烂在心里。我选择沉默，我选择只去做自己能做到的最小的事，我选择不去追问结果，更不期待结果。我只能选择被动接受，不敢再去想短时间内会有什么改变。了解越多，越痛苦。行动越久，越无力。入夜越深，几乎就要觉得黑暗才是正常。

教育，难道不是一个国家、一个民族的根本吗？

我的祖国，你是否在逐日成长为一个巨人？你的明天，又会怎样？

就在我开始对一切如此怀疑之际，出于好奇我翻开了张刘祥老师的书，我就像被上了一堂课：一本厚厚的书，一则则动人的故事，一个个陌生却又觉得那么亲切的名字，一颗颗滚烫的昂扬的却又沉默而谦逊的灵魂！

这本书娓娓道来，非常平实。可我看着它，简直就像看一本最精彩的小说——有时让我会心微笑，有时让我热血澎湃，有时甚至让我震撼落泪——生活，果真是比小说精彩的啊！

我曾经在《嘭嘭嘭》一书中写过孤独：心和心之间有频道。当两颗心在同一个孤独频道，两颗心也就不再孤独。这一次的经历，让我还想补充一句：一个人在这世界上，不可能绝对孤独。如果他正在孤独，那肯定是因为走得还不够远。

前几年我一直在躲避人群。我以为这是我为了不变成我讨厌的那种人能使用的唯一办法。当编辑说服我配合出版社宣传，除了说我应该让自己发挥更多的作用，还说我会交到新的朋友。说实在的，我对后半句还半信半疑。

现在，我终于发现我自以为的孤独，其实是因为我的孤陋寡闻！走到了嘉兴，认识了张刘祥老师，然后，我找到了这里——在这里的不再是一个人，而真正是一群人！一群美好的人！！！

我以为，新教育之新，在于它在素质教育和应试教育之间，走出了一条新路。

且不说举荐就学作为选拔方式的一种，自身也存在弊端，就中国人口众多的国情而言，像国外那样靠举荐就学，是极不切实际的。分数这个代表应试教育的恶魔，在目前恰恰是万般无奈之下唯一相对公平的主宰。而素质教育从被提出之日开始，就无意间在激进的锣鼓声中成为应试教育所忽视的。

但新教育没有简单地割裂这两者。它通过切实有效的、真实可行的种种做法，在应试教育的躯壳下，放入了素质教育的灵魂。事实也是如此：一个爱读书的孩子，他必然勤于思考、热爱生活，必然是一个生命被激发、学习乐趣被激发的孩子，这样的孩子，成绩又怎么可能差呢？！这实在是个最简单不过的道理啊！

朱永新教授说：新教育，是让参与者都能"过一种幸福完整的教育生活"。而我想，对我这个逃兵来说，这个教育生活本身就给了我一次最重要的教育。我曾通过去了解孩子的心灵，来滋润自己的心灵；但万万没想到的是，这次我通过了解老师的心灵，强健了自己的心灵！

我用三天时间看完了这本书，凌晨十二点，我看完这本书后，挣扎了两个小时试图睡着，最终还是放弃，彻夜写下这些文字，记录我的感慨。

所以，所有新教育的老师啊，请接受我真挚的敬意！我真的想向你们敬礼！你们在物质上并不富裕，甚至可能付出与回报不成比例，可你们因为乐道而安贫！你们满怀理想，同时不断付诸行动，你们用最伟大的心做着最琐碎的事，你们不仅仅是去教孩子知识，而且还用自己的心去撞击孩子的心灵！

我还曾遇过一些好老师。可他们因为好，因为一心想对孩子真正去好，反而不被理解，过得那么痛苦！他们极其孤独，那点火花，我真担心如果再刮来几场寒风就会熄灭了！现在我知道我还能给他们介绍这里——我以为新教育的实验区，大的，像张刘祥老师率领的这样一个区，固然再好不过；中等的，像很多有识的校长那样全校发动，固然也很好；但是小的，作为一个老师，一个孤零零的火苗，如果他能保持燃烧，也很可能温暖新的一片天地啊！

新教育的老师们，我没有能力为你们做什么事，我要送上我最诚挚的祝福：衷心祝愿你们能从教育孩子的美好中得到自己的美好、从为孩子创造幸福中收获自己的幸福！衷心祝愿你们在日复一日、年复一年的锤炼中，自己的生命也能因为这新教育的额外打磨，绽放出更加璀璨夺目的光彩！我还衷心希望有朝一日，你们不仅精神丰盈，而且物质上也能富足！我更无比热切地期盼，你们能拥有越来越多的同行者，新教育的星星之火，能够早日燎原！！！

2008 年 11 月 24 日于北京

题记：

2009 年 7 月 11 日、12 日，我应邀前往江苏海门，参加新教育实验第 9 届年会。

当我接到朱永新教授新教育年会的邀请之时，正值我刚刚完成童书《影之翼》创作之际。《影之翼》是迄今中国唯一以儿童视角反思南京大屠杀的童书。创作过程中通过查阅资料，我了解到日本对教育的重视程度，深为震撼，对教育有了不一样的思考。

新教育年会两天带给我的"燃烧"，导致接下去 7 天辗转 4 个城市，我还在"持续发光"：一路写下近 5 万字的会议记录、近 5 万字的回复交流，总计近 10 万字。

写到最后一天，已经到家。恰好家中大扫除，我躲在一旁，坐着小板凳、趴在椅子上打字，不知不觉一天没挪窝。边写边觉得屁股有点痛，刚开始不以为然，只以为是坐久了，不断调整坐姿，换用不痛的地方坐。小痛几天后，洗澡时发现痛处开始蜕皮，才明白原来那天是屁股坐破了。

《积土成山》 童喜喜摄于内蒙古

新教育，在旁观者眼里

《孙子兵法》云："攻城为下，攻心为上。"

官方是体制，是城。素质教育是官方呼吁多年的行动。轰轰烈烈，但推行多年未见起色，反而形成越减负、负越重的困局。

民间是散沙，凝聚力全靠心。新教育是由朱永新倡导的一项民间教育实验。润物无声，历时九载，竟达全国 22 个实验区、600 多所实验学校、100 多万师生的盛况。

有人说，素质教育与新教育实验，两者行动目标一致，结果却大不相同。有人将原因归结为官方行动是自上而下，所以失败，民间行动则自下而上，所以成功。

其实，上下只是形式，内外才是根本，而新教育实验，不过是诸多素质教育的探索方式中的一种。

新教育实验的成功，归根结底恰恰在于官方和民间的合力。在合力中，抛开纷繁复杂的外部原因，从挖掘教师内心、点燃每个人灵魂深处的理想之火入手，使得教师自动放弃发牢骚，着重采取眼下所能采取的行动，用点滴行动改变自己、改变身边小世界，因此从教育困局中突围。

所以，素质教育更多是在"攻城"，新教育实验却在悄然"攻心"。

新教育，从最小层面来说，是一项教育实验，是对教学方式、方法的探索；

从影响力而言，新教育是一种对目前教育的有效改良，以实验为基础，推广实验成果，通过切实有效的、真实可行的种种做法，在应试教育的躯壳下，置入素质教育的灵魂。

从更大的视野看去，新教育之新，因它永远针对正在进行的教育而言。当新教育从实验成果变为普遍推广的教育，那实验成果也就成为"旧教育"，随着新的问题出现，此时，新教育将超越自己、继续向前。

如此，新教育不仅攻下了教师之心，还攻下了诸多为中国忧虑、为教育忧虑的旁观者之心。

我不是老师，却有幸于2009年7月10日—12日参加了新教育海门年会。此次盛会综合展示了新教育实验这些年取得的成绩。三天中诸多感动，令我多次泪流满面。

与我同行的另一位旁观者是我的责任编辑——被誉为"当代中国科普编辑第一人"的著名出版人、中国少年儿童出版社发行部主任薛晓哲先生。他出身于教育世家，曾当过4年大学老师，曾建议并筹办过"世界数学家大会少年数学论坛"从而弥补大会百年中没有针对儿童传播的空白。教育经验丰富的他，对新教育从冷眼打量变为深深动情，在没任何人要求的情况下，主动手持近6斤的专业相机，三天里为会议拍下1000多张精彩照片。

令人印象特别深刻的，是孩子们的演出。

我看过孩子们的演出。

就在前不久，我才刚刚参加一次全国妇联组织的采访活动，和采访团一起，一周中在城乡跑了几千里，看了十几场演出。

但是，我常常感觉那些孩子表演得并不情愿，从他们脸上很难看到发自内心的笑容。尤其是采访中，为了补拍几个镜头，大人们躲在阴凉处，让孩子们在大太阳下重跳一遍舞这样的事，更让我深恶痛绝：这不是对孩子们的肯定，而是对孩子们的迫害。

新教育年会上的孩子们的演出，大不相同。

从展演活动刚开始，合唱《水母鸡》的童音清脆而有弹性般一下下扣着我的心，我看到那些孩子，小小的脸庞上洋溢着的自信、喜悦得近乎得意的模样，我的鼻子就开始酸溜溜、眼睛就变得湿漉漉。我吸气、吸气、长长吸气。

等看到《百家古韵》，光影把舞台中央映出一道长河，领读的那分明是大孩子的老师，和小孩子的学生，他们吟诵、应和。他们脸上散发的光芒，让我相信这些孩子们懂得这些诗词真正的含义，让我相信舞台下的日常生活中，还有更多我们的民族文化正在撞击他们的心灵，让我相信接下来的岁月里，他们还将持续不断地传递、创造、丰富我们自己的文化，让我相信有种奇妙的精神，已经无声无息地汇入他们的血脉，让他们成为真正的人、美好的人——我目不转睛，却又魂飞天外，我再也控制不住地泪流满面，几乎从头哭到尾。

极度感动并没让我升华出什么美德。随着精彩继续，看着孩子们舞之蹈之、演之乐之，我开始愤愤不平、妒恨交加！

如果我现在是个孩子，是个受到新教育的孩子，那该多好！那我也可以唱、跳、读诗、像那"海之精灵"一样舞蹈！他们太幸福了！而我，我太倒霉了！太可怜了！

我在山区支教，做了一段时间失败的老师，那时我就切身体会到：做老师可真不容易！

看完开幕式，我更是嫉妒这些孩子！凭什么他们这么享福？凭什么今后我只能做老师？为什么我就不能再做孩子？！

我想做个新的孩子，做个新教育的孩子，这样就能被由衷地欣赏、喜爱、教育、鼓舞，被老师整天带着玩儿，欢天喜地在人生路上玩啊玩、玩啊玩！玩中学、学中玩！那该多快活啊！

我被新教育教育了。新教育，翻开了我生命新的一页。

就是这样，我这颗热度犹存的心，如同小铁屑般身不由己地飞奔，扑向新教育实验这块巨大的磁石！

而一个新的孩子，就是当皇帝穿着新装游行时，胆敢说皇帝光屁股的孩子。

因此，我一边为新教育喝彩，一边还在并不完全了解新教育的情况下，借"解剖"此次海门年会，说出我眼中的新教育：目前的"新"里，还掺杂着一点"旧"。

新教育人，能否不再做认真而沉默的羔羊？

新教育年会，字面理解是一年一次的会，它的目标是什么？是年度总结、展示成果、进行表彰、集体联欢？年会定义倘若仅仅如此，海门年会堪称完美。而且，海门年会还是思想传播会、理论提高会、斗志激发会、实验动员会……

只是，年会的全称是"全国新教育实验第九届研讨会"。我则认为：年会唯独不是研讨会。

固然，登上年会大舞台的，绝大多数都是普通老师，朱永新也说，新教育挑选参加年会演讲的代表，尤其注意挑选普通老师，这样才更有代表性。可我不觉得演讲的老师就是普通老师，相对于其他近千名代表，他们绝不普通。

这是海门年会最让我困惑之处：在新教育实验的全国研讨会中，普通老师集体失语！研究成果的展示，是发布，而不是讨论。认真开会的老师们，几乎全是沉默温顺的羔羊。

新教育实验的全国研讨会，是否把普通代表们忘了？这不仅仅是我的疑问，有很多新教育人也有此疑问。其中，率领全区参加新教育实验的嘉兴秀洲区教育局副局长张刘祥老师——这位书生局长早在 2007 年新教育运城年会时，就一反平素的斯文谦和，对此提出尖锐批评："更让我无法理解的是，这么重要的会议，竟然对实验区只字未提，也没有实验区说话、交流的机会……难怪有的实验区提早离开了会场，因为他们觉得年会对他们的来去无所谓，也没有人去关注他们、询问他们。我也有这样的感觉，我甚至想，如果明年的年会还是这样，我是不是还有必要组织学校领导参加？"

张刘祥是新教育实验区代表，他的话是站在普通实验区的立场讲的。实验区尚且如此，同理的新教育实验学校、个人，当然更不例外。

积极参与，认真建议，张刘祥以这样的态度还在继续新教育实验、继续参加新教育年会。我正是被他领进新教育的大门。他是如此钟情新教育，此次海门年会，他没有错过任何一场会议，并公开批评某些老师"逃会去逛街"。

我想尖刻地说：逃会去逛街，完全没关系。参加大会的普通老师完全可以逃掉很多会去逛街。因为，两年前提出的问题，两年后的今天依然存在。

以朱永新的讲座为例。

朱永新的主题报告可谓备受期待，但逃去逛街依然可以：想看人？主题报告前我们就亲眼见到了他；想听报告学习？那不如用心去看报纸上、网络上的文字。因为他基本按照稿子来讲，讲座后也没有与老师们互动、交流的环节。普通代表待在会场有何重大意义？看文字说不定更清晰明确。

为何造成这种局面？

是朱永新身为教育家，不屑听取普通老师的意见？不是。在我的感觉中，朱永新应该是个海纳百川、极其谦逊的人。否则他不会对那么多网友的姓名、事迹如数家珍，不会在主题报告的开始申明：这其实是团队的成果，不是我一个人的。

是大会时间太短、议程太多，不能安排普通代表们发言？不是。还以朱永新为例，连我这样开会经验并不丰富的人，都能想出办法：开会前将报告或其精简版，发布在论坛里或每位代表的信箱中，让代表们会前学习。到讲座当日，朱永新只需简短交代几句内容，就会有更多时间与代表们交流、碰撞。大会中的其他类似议程，同样可依此处理。

是担心代表们在众目睽睽之下不好意思说导致冷场？不是。年会中我参加了东洲小学的观摩研讨会上，亲眼所见了当场讨论，热烈得让我吃惊。

是觉得网络上已经提供了随时交流的平台，年会上可以忽略？不是。网络和年会不一样。也许网络探讨可以更条理清晰、更深入透彻，可年会是代表新教育形象的会。有时，形式就是内容的一部分。让更多老师在年会上交流、讨论，并不用太介意当时能得到什么研讨结果。让沉默的大多数成为发言的大多数，这是个更多心灵发生碰撞的过程，本身就是力量、就能成为新教育之"新"的标志。

是老师们加入新教育就能克服一切困难，没有问题想问、没有观点想表达？也不是。海门年会中我一直特别留意身边的老师。这些普通代表的讨论一般发生在饭桌上和路上，有独特的视角与价值。

比如，有位来自小城的老师得知同席中来自大城的老师几乎每晚工作到晚八点下班、工资比她猜测的少三倍时，惊问："那你干吗还要在学校待着？"

这个问题，牵涉到太多方面，太容易引发抱怨、牢骚。可来自大城的老师爽快地回答："不想干，你就可以走啊！现在都是双向选择。没有你，学校一样能很快招到老师。这年头，就是不缺人！"

来自小城的老师笑着直点头。我在一旁听得想鼓掌。

是新教育人，就没有哀叹更没有抱怨。因为选择了教育这一行，就选择了苦乐参半，接受苦、承担苦，再从中品出生命的欢乐、书写生命的传奇。

答案同样是这段话，如果回答者换成"明星"，哪怕是朱永新，效果可能一样糟糕。因为一般人总是认为"明星不是一般人"。关于这些对现实不满的问题的解答，"明星"

的回答往往难让一般人信服。一般人要么认为你本来就是明星、境界高，其他人很难做到；要么觉得你是站着说话不腰疼，换别的位置你试试看……解答此类问题，需要的就是我们民间的智慧与力量。

我参加过 2007 年全国青年作家创作会议。那次会议有来自全国各地的 317 名作家代表参加，全体代表分为 20 余人的小组，每个小组都有人负责记录代表的发言。

作为海门市教育局局长的新教育人许新海老师曾介绍，他们有个校长俱乐部，经常进行研讨，收获颇丰。这可以想象：有针对性的研讨当然会比泛泛而来的讨论更有效。

新教育年会，是否也可以集两者之长，抽一部分时间，组织普通代表研讨？

讨论主题可按工作内容分为局长、校长、数学、语文、班主任等各论坛，也可按关注问题分为如何帮助困难学生、如何调节心理压力之类。会前先确定讨论主题，让代表们确定研讨方向，带着问题来参会。年会中到教室，甚至可以到住处分小组进行讨论。与此同时，严格管理，制订诸如"无故缺席研讨的代表将不允许参加下次年会"等等规则。这样是否会更有活力？更能激发代表们的创造力？从而更能带动所有新教育人积极思考、主动表达？

其实所有问题归纳起来无非两种：一种是从个体的角度，因为自己的学识与能力暂时没到位，处理问题吃力；另一种是从整体的角度，是新时代带来的新问题，需要借助教育著作的核心思想融合时代背景进行创造性解决。想解决问题真的十分困难。

而这两种问题都是新教育人——不仅仅是朱永新，不仅仅是核心团队，而是全体新教育人、普通代表们——完全都可以研讨的。

前一种问题，正是需要普通代表研讨的问题。如前文所说：他们身份相同、遭遇相同，说话更真实可信、更容易被接受。这种问题研讨时也好解决：不懂的问题，互相教育。而这里得到具体解决办法还是次要的，更重要的是：提出问题的老师也许会发现有老师遇到过同样的问题，并且已经解决。就像病人见到已经康复的病友，那种激励的效果，可能比来自医生的效果更好。因此从某种意义上来讲，对于揣着现实而琐碎问题的老师来说，这种来自身边人的鼓舞，可能比聆听朱永新报告所受的鼓舞更甚！

后一种问题，普通代表的研讨也许一时不能得出什么结论，但这种研讨同样必要。这种形式，最有助于培养挑战的勇气。

朱永新无疑是受人尊敬的。但在学术研讨中，新教育人如果只是把自己定位为听众与追随者，那将注定永远是跟在朱永新身后。更可能的是，一旦朱永新迈的步子稍微大一点、急一点，跟随者就会茫然失措很久。

学术研讨中，要把朱永新当成靶子、把自己当成箭。如果箭能有力量穿透靶子，就是对靶子的成功超越；假若箭根本没能挨到靶子就颓然落地，那么靶子也会欣赏箭的勇气，而箭也能从而明白自己奋力一跃之后还与靶子相差的距离；如果箭无力穿透靶子，箭与靶子的冲撞，很可能会让靶子看见撞击产生的火花，说不定能给靶子激发出新的灵感。

敢实践、敢发言，才敢创新。新教育，应该出现千千万万个朱永新，应该站在朱永新的肩膀上，出现比朱永新更厉害的教育巨人——这，才是新教育！

所以，尤其是在作为全国性重要会议的年会上，必须要给普通代表研讨的空间。对普通代表们，即使没话说也要创造条件、"逼迫"他们开口！

这样重要的建议，为何一直没落实？这不是简单大会议程的安排疏漏，我以为深层原因来自下文——

新教育人，能否先让自己成长为真正的人？

海门年会上，有一位老师主持了一场会议，我听到无数老师私下夸她："主持得真好！"

我以为，这个"好"，除了笑容甜美、声音好听这种硬件上的优势，更在于一个细节：当时会场人满为患，有的老师不得不坐到舞台侧面的座位上，只能看到演讲者的背影。这位主持老师说："请你们看能否找凳子在会场加座，否则就请你们坐到第一排的贵宾席——因为你们就是新教育的贵宾！"

这可能是海门年会最让人温暖的一句话。与此话相反，大会上还有最不应该出现的一句话。

前文所说为年会拍下1000多张照片的薛晓哲先生，某次正当他在舞台前拍得正欢时，不知哪位工作人员走上前，看了一眼他挂的代表证，说："你又不是我们请来的摄影师，不要总是在前面拍照。"

我追问突然回到台下的薛先生，方得知了这句话。此后他继续他的拍摄，我却对这句话无法淡忘。

此次大会中的工作人员，也是新教育的老师。他们工作非常辛苦，而且会议的确需要秩序，不能让所有人都蜂拥至台前。

但对于一位非专业媒体的普通代表，即使他不是手持沉重的专业相机，而是拿着小巧的傻瓜相机，可这位普通代表一直站着拍个不停，足以说明他对新教育有着深厚的感情！对这样的普通代表，对新教育的普通老师们，是否还能有更好的方式处理呢？

是否可以更尊重普通代表，在拍照并未影响会议时，不支持但默许这种做法；倘若影响了会议进行，是否可以说句"老师，您的热情我们都很感动，但我们更要保证会议顺利进行，请您往旁边让一让"，来进行提醒？

就像前面主持老师的主持词，那句话也完全可以简单地换种说法："请你们看能否找凳子在会场加座，实在不行，就请你们坐到第一排的贵宾席吧！"

我要比较的，并不仅仅是两种说法的不同，而是这两种说法，流淌自两颗有着很大差异的心。

2007年我在鲁迅文学院学习，有幸听过一场中央党校教授讲授邓小平理论的讲座。这是我此生听过的最震撼的一场邓小平理论。这位清瘦的长者，把历史变成了有血有肉的人与事。听到其中一处，我潸然泪下。正因此，我才一直记得她最后所说的那句："这两年，我常常思索到深夜也无法入睡。我认为，中国要实现真正意义上的崛起，还需要再经过一次思想解放。"

思想解放——这个词很迷人。可是，什么叫思想解放？怎么才能思想解放？到底解放什么？

我用两年时间，想出思想解放的其中一点：让人意识到自己是人，让人成长为真正的人。

尊重个体，追求平等——人与人之间的平等，不正是人类所苦苦追求的吗？

只是，现实和理想，一直存在距离。

可新教育不行动，还能有谁行动？新教育之新，应该从理念到行动，都引领社会之先。

教育家李希贵去美国考察时，对方安排专家与他探讨。李希贵想了解更多真实情况，委婉提出：希望再多安排些在中小学一线教学的老师。对方答应了，同时也很疑惑地解释：我们的专家，就是在中小学一线教学的老师啊！

新教育的实验者们，也就是这样的专家。就像朱永新一直在说：新教育是大家的实验，新教育是大家熬的"石头汤"……大家，就是正在研究新教育的专家。

朱永新在苏州任职期间，不停地评选重点学校，利用扩大重点学校的范围，让学校全成重点的办法，实现消灭重点学校的真正目的。

那么，是否可以借用国人眼中对"专家"的仰视，用"全部专家"来消灭"专家本位"，实现新教育人之间的真正平等？

参加新教育实验的老师们，就是"新教育专家"，可以根据他们的工作，对其颁发各种类型的如"新教育研究专家""新教育执行专家""新教育语文专家""新教育数学专家"等荣誉称号。

那么，年会的"代表证"，就可以改名为"新教育专家证"。当有可能再次发生"你是普通代表，不要……"的时候，当那位老师看到普通代表胸前挂着明晃晃的"新教育专家"的大字时，"专家"与"普通代表"这两个词语，在没有平等意识的老师的思维定式里会产生落差，这个瞬间的落差，或许会提醒没有平等意识的老师，给予普通代表更多的尊重吧？

而被称为"新教育专家"的老师们，会不会有些欢喜、有些心虚、有些惭愧？会不会以更高的标准要求自己？会不会在思考问题时，调整到更大视野、站到更高角度？会不会在平时的学习工作中，激发更多的热情？

以上建议，只是十分粗浅的个人想法。

我想抛砖引玉激发新教育人思考的是：更警醒地打造一场用心体现人人平等观念的年会，将在震撼人心中促使新教育人更自信自觉，从而更快创造更辉煌的成果！

这种想法，应该具体落实到年会以及新教育的各种会议细节中。

新教育，能否与官方更好接轨同时更彰显民间立场？

新教育永远不可能"排斥"官方。她虽然目前只能被称为教育实验或行动研究，其目的却不是"非主流"、不是"小教育"。新教育实验是为改良中国现行教育而生的，她的行动就是在现有基础上的创新、扬弃，因此，她诞生的目标是成为"大"教育，是准备在融入主流中改变主流，力图让更多、甚至全部中国孩子受益。

所以，海门年会的到会嘉宾中，有以江苏省教育厅厅长为首的一大批政府官员，这与其说是官方对新教育的认可，不如说是给新教育继续发展提供了新的思路：部分的融合与更多的借势，是新教育更快、更好发展的捷径。新教育需要与官方的融合和借力。

与此同时，朱永新曾专门撰文阐释新教育精神的四个方面：理想主义、田野意识、合作精神、公益情怀。其中，深入现场的田野意识，说的正是新教育必须坚持其民间立场。

为什么素质教育被新教育这样一个民间教育实验抓住了灵魂？得益于民间立场。

首先，得益于倡导者朱永新名为官员、实则学者的民间立场。尽管朱永新有诸多头衔，可他一直特别注意将自己的官方身份与新教育区分开。外界给予的头衔，再亮丽也仅是虚名。一个人对自我的真正认同，才可能付诸行动。

再则，得益于新教育实验组织的民间立场。无论是实验的核心研究团队，还是参与实验的老师，统统来自民间。因为来自民间，所以离生活更近，离真相更近，也就离解决的途径更近。

新教育一直是官方现行教育的益友，就因为保持民间身份——其实，在中国不缺研究机构，但缺乏有独立立场的研究机构。新教育只有依赖民间，才能做到独立，只有独立，才能获得平等。

若说新教育是素质教育的灵魂，"民间"就是新教育的灵魂。只有保证新教育的民间立场，才能保证实验自下而上的形式、让参与者人人平等，如此方能保证实验自内而外的实质、激发参与者灵魂深处的动力。

那么，新教育坚持民间立场，要重视会议的意义。因为会议作为一种集体活动，最能体现一个组织的属性。

总之，除了形式上容易流于散漫导致组织起来费劲的缺点，民间会议的实际效果颇多。而一般民间会议常有的缺点，恰是新教育的优势：海门年会的秩序已经清楚地说明了这点。

新教育在灵魂上永远属于民间、而行动上与官方携手同行的关系，使得新教育年会及其他各种会议，就要在官方与民间中找到平衡点。

这些，决定了新教育的会议必须考虑更多细节。

试以海门年会为例：开幕式和闭幕式，因为官方参与度高，必须更多兼顾官方的表达形式。其他的会议，是否就可以努力更多地体现民间的特色？

比如，是否可以把年会海报上的朱永新像，换为其他照片，比如老师们在自然状态下的合影，或是新教育实验中的山里娃娃？

比如，是否可以把要发言的老师们请到前排就座，而把那些有影响力的专家、新教育人眼中的"星星"们，刻意安排到会场中、让他们坐到大家中间？每次大会提前半个多小时，就有人赶到会场抢座位。试想若他们发现自己身边就坐着自己心中的"星星"，那该是怎样的震惊与欢喜！

比如，东洲小学会场，是否可以干脆不花钱布置舞台，而是发言者直接坐到老师们面前，近距离地微笑，近距离地侃侃而谈，让大家更亲近发言者，更多感受他们的风采？

比如，集体分组研讨会时，是不是可以随时、随机出现一个神秘嘉宾——新教育人中步子走得最快最稳的"星星"，和老师们来个即席碰撞？

比如，一开口就能逗笑全场的卢志文老师，他的研究院工作汇报是否可以留给老师们自己阅读？对其主持的新教育研究院工作，更多发挥卢志文的幽默，来次轻松的、即兴的谈话，讲讲研究院一年来做了什么事、遇到什么困难、接下来想怎么做。让华丽的辞藻留在正式报告上，讲话就变得趣味盎然。

衡量会议是否接地气，也许参会者的笑，可以作为标准之一。民间探索完全是靠共同理想与热情，能够带给参会者幸福，就该有更多的笑容。当然，从某种意义而言，泪水也是快乐的，是更深邃的欢乐。

那么，我们可以看到很多笑着的新教育人——

朱永新在笑。他为新教育动情、常被感动落泪之事，有太多人记录。

严文蕃在笑。这位美国马萨诸塞大学波士顿分校终身教授专程赶来开会，是会议中脸上笑容最多的人。

敖双英也在笑。这个网名"桃花仙子"、来自深山的一线老师，在演讲结束后，迈了半步刚想离开舞台，突然返回半步，重新站在发言的地方，满脸孩童般的灿烂笑容，冲台下所有老师热烈地挥了好几下手。台下的老师顿时发出一片轻松、亲近的笑声。

相较于敖双英是谁、她的具体事迹，我敢肯定会有更多老师记住她这一笑。没记住名字、事迹并不重要，看到这位笑得灿烂的老师，你就知道她是新教育人。她为什么会笑得如此灿烂？因为她正在享受新教育带来的幸福！

在一个充满笑容的民间会议中，"许新海们"都能放松地笑。

本次年会的组织者许新海老师，从大会第一天到第二天，发生了显著的变化，他变得嗓音嘶哑、眼眶深陷。在他主持的闭幕式上，因为临时追加一些议程安排，本就紧凑的时间变得更紧张。许新海邀请某位嘉宾发言时，焦虑中说出了心里话："下面，请××老师稍微讲几句！"这个"稍微"让全场笑声一片，而许新海自己也忍俊不禁，难得地露出了笑容。

如果会议中民间氛围更浓，"许新海们"应该只会操劳事务，而心情轻松。因为参会者都是主人，每个人都能理解组织一场大型活动背后的艰辛。

那么，除此之外，参会的所有老师能做些什么，让自己露出笑容呢？

——让自己成为孩子。今天的我们，是明天的孩子，因为明天的我们一定比今天大。一个真正的人，必然是有童心的人。

新教育，是为了中国的孩子。老师，就是新教育的孩子！新教育，是老师们心灵的家。新教育会议的民间会议部分，就是家庭聚会。一个孩子回到家，那该是怎样的随意、惬意、称心如意！那样的时候，怎么会没有欢笑？！

要知道，在大环境并不成熟、整体上中国老师都在超负荷工作的情况下，新教育的老师们是走在国人前列。的确，他们收获了幸福，可幸福是一种更深邃的美好滋味。比幸福浅显处，他们也是血肉组成的人。所有普通老师的苦恼，他们都有。而且他们加入新教育实验，是在探索地工作着。他们就像蜜蜂，拼命飞向远方，在更多生长着荆棘的密林深处，寻找到花朵，酿出幸福的甜蜜。

那么，就在回到新教育怀中时，舒心地一笑吧！在新教育聚会中，放下一切社会属性，一展眉头，让自己成为孩子！

但另一面，新教育人要小心，别让自己成了孩子——

新教育实验，这场影响官方的草根改良行动，靠的是挖掘出每一根小草被深埋在地下的力量。因此才蓬勃。

朱永新的行动本身已经让人能够看到：壁立千仞，无欲则刚。要让新教育更好地发展，每个新教育人恐怕得做另一句话：海纳百川，有容乃大。

新教育人，能否在严格中保留宽容？

教育在线论坛有很多到新教育来串门、发牢骚的老师。他们翻来覆去无非那么几句抱怨：环境如何不好、行动如何被阻挠、理想如何被困扰、自己如何烦恼……万变不离其宗：我好，别人与环境不好。

对于这类老师，新教育人有不同的反应，我只说最让我忧虑的一种：几番对话后，就对这些"尺码不相同"的人表示不耐烦。有时发生辩论，甚至新教育人还会采用比较强硬粗暴的语气，明确表示不欢迎。这无异于直接对其关上新教育的大门。

目前，显然（以现状而言完全是必然）有很多人、包括很多老师不能理解更不接受新教育，完全是"夏虫不可语冰"。可如果，给"夏虫"机会，让"夏虫"能看到"冰"呢？

事实上，这些"夏虫"现在就能在新教育里看到"冰"，只是他们偏偏视而不见，令人气愤。可是，新教育人能否换种方式更巧妙地表达心情？

网络上的文字交流和生活中的语言交流不同，各有技巧。在论坛的文字交流中，两个不是为了同一目标辩论的人进行辩论，往往只能有乌烟瘴气的结局。

网络上，不说不欢迎，绝非代表我们欢迎。只是，我们欢迎的未必来，不欢迎的未必走。对我们不欢迎的人，沉默才是最好的谢绝。这是值得新教育人学习的一个网络交流技巧。

何况，网络一方面拓宽了人的交流渠道，另一面则局限了交流。在现实中，我们也许不用说话，见一面就能有感应。在网络上，单凭一句话、几句话，甚至很多文章，我们都不能足以评判对方是怎样的人。

一位网上牢骚满腹的老师，是不受欢迎的。而生活中，也许他是一个钟情教育却暂时不得法的人；也许他是一个真正处在"灯下黑"的环境里，被束缚得几近窒息的人；也许他是一个平日把爱都倾注出去，心中郁闷却无处可说，到网上用发泄来实施自我心理纾解的人；也许他是一个不善言辞、打字速度太慢，心中万语千言，最后只讲了一句批评建议的人。

所以，新教育人是否可以在论坛争论中，以沉默为最大的反击，始终保持理性？

也许有人愿意把新教育理解为一声春雷。虽然春雷代表春天，可得是喜爱雷声的人才会留下。我更愿意将新教育形容为一声召唤，像慈爱的母亲呼唤孩子回家。

道不同不相为谋，这固然是坚定，也是决绝。是否还能求同存异、党同而不撵异？因为新教育实验还将发展壮大，她的目标是实现中国孩子的素质教育之梦。

在这方面的细节上，新教育还可以做得更好。举例来说：当"海拔五千读书会"转变为更规范的"新教育实验网络师范学院"时，前者邀请帖中有段话为："我们永远敞开大门，欢迎那些经过深思熟虑，愿意以虔诚之心对待教育的老师。项目组将与这些加盟者签订合约，这是一种誓言，一种承诺，不但彼此承诺，而且也是对自己生命的一种承诺。我们将不惜拒绝那些甘于平庸的同行，拒绝那些将一生成就建筑在名利之上的同行，拒绝缺乏足够的诚心，只想暂时获取、利用一些资源的同行。"到后者邀请帖变成"招生简章"，与那段文字对应的是："我们拒绝以下老师加盟新教育实验网络师范学院：愤世嫉俗，空谈民主与自由，习惯归咎于政府、环境甚至家长和学生，而缺乏经常性的自我反思、缺乏担当的虚无主义者；以成就自己为核心，热衷于公开课、发表论文，视共同体为索取资源之所，而非通过奉献彼此丰富之地的功利主义者。"

没有规矩，不成方圆。网络学院必须有规章制度。只是，是否前一种说法更好呢？更温和，更大度、有原则的同时，也更有人情味儿。

在理论上归纳出不同的主义，不仅必要，而且必须。可在生活中，人是这么复杂，很难用主义界定的。新教育人是否能摘下所有的帽子，尽量去看看人的脑袋？即使时间、精力所限，不可能一一去分辨那些意见不同的脑袋，我们是否可以做到不扑过去盖个帽子挡住对方的脑袋？官帽是帽子，主义也是帽子。

主义是硬的，人是软的；主义是死的，人是活的；主义是只能完善、补充，人却可以醒悟、改变。最终，我要说：主义是归纳、由万归一的；人是微妙的，由一可能至万。朱永新说自己是"现实的理想主义"，我们说他也是"浪漫主义"，也未必不对。

我以为，不同主义的人，也可以共生——起码在论坛上共生。实在胡搅蛮缠者，我们可以沉默；对方不胡搅蛮缠，不妨引导他们辩论。用虚无主义，去治疗功利主义；

用理想主义，去感染功利主义……也许，主义也是相生相克的。

人是会变的。在这样的论坛中，在新教育的怀抱中，老师也可能会改变。没人胆敢确定，网络对面的那个灵魂，那个现在和新教育"不同尺码"的灵魂，在生活的打磨后，会不会与新教育的尺码相同？

不说别人，我的改变就令自己都吃惊。现在这个在教育在线论坛中一个月写下十万余字的我，上网九年中大多沉默、发言总和都比不上这一个月。而曾经的我永远不会相信还有今天的我。

所以，我绝对相信会有虚无主义的人被新教育人感染得入世，会有功利主义的人被新教育人感染得开始为孩子付出真情——闻道有先后，老师也有成长的过程。而新教育这群现实的理想主义者，这洋溢生命激情的本身，就是个火热的熔炉。我相信有最初不理解新教育的老师们，最后会发现——

一个人，活着总是要做点什么的。哪怕是那些不停抱怨的人。是人，就要承担自己的人生，无论是有钱没钱，都要在人世间奔波。

一个人，活着肯定要做一些事。只是有的人看到灰暗，然后背朝灰暗，尽管置身灰暗中，仍然满心欢喜地朝着光明猛跑，他跑得快乐，甚至可能跑得越来越快；有的人看到灰暗，面对灰暗，置身灰暗却不挪动脚步，他们也得走着，任时代牵引，他走得痛苦，步子越来越沉重越来越慢，甚至可能最后被灰暗吞没，成为灰暗的一部分。

新教育实验，不是正应该做着教人、教老师们如何才能快乐地奔跑的工作吗？然后通过老师，再教更多的人。

行动着，口口相传。

国外某项研究显示，每个消费者背后隐含着 250 个消费者。在网络时代早有"自媒体"的说法：每个人都是一个媒体。

那么，每个新教育人，都要有意识地去做好这项推广新教育的媒体工作。

新教育，能否借媒体之力飞得更高？

如果没有网络，新教育不会发展得像今天这么快。

但这个仿佛一呼百应、每个人都是媒体的时代，到底是将成全新教育，还是损毁新教育？

我尤其担心媒体的"赞美"。

2008年11月30日，《广州日报》发表题为"朱永新炮轰教育三病症"的文章。一石激起千层浪。不仅报纸、网络、手机报纷纷转载此条新闻或刊登评论，更有大量网民自发转载、热议，有的媒体文章标题干脆就是"现代教育被朱永新炮轰为何如此解气"，大有把朱永新推向"现行教育革命者、草根代言人"的架势。

然后，朱永新的博客中出现一篇文章："我没有'炮轰'中国教育"——这"辩白"，堪称辛酸！同时，更发人深省。

朱永新因为走出书斋的新教育实践，即使朱永新个人并不情愿，事实上也已经成为明星教育家。

明星，是人们需要的。星星用来指路。若没有朱永新以人格魅力来吸引、来包容、来推广，而换另一人，新教育极可能不会有今天这样的蓬勃。

明星也是媒体需要的。在当下这场媒体以自我堕落来更多吸引眼球的狂欢中，媒体急需一位代表草根教育的、被压缩平面化、被简单脸谱化的明星。这位明星不仅可以帮助报纸提高销量，某些不负责任的媒体人还可借论他人之嘴，浇自己心中块垒。

然而，各种娱乐明星可以用"炮轰"吸引眼球，他们可以在市场经济下自给自足、在商业利益团体中寻求庇护，可是，不会这样做也不能这样做的朱永新，会不会硬生生被媒体架上祭坛？

最致命的是，朱永新不需要媒体，新教育却需要媒体。要想新教育真的成为中国人的大教育，媒体的宣传、帮助甚至批评与建议，都是新教育所需要的。

几难之中，哪里才是那个微妙的平衡点？新教育既不能无视媒体的力量，需要通过媒体放大教育的声音，又不能让朱永新被媒体戴上草根的"高帽"，利用为攻击现行教育的武器，而媒体把朱永新作为炮弹向现行教育开炮时，新教育会不会受到波及——在这现实的钢丝上，朱永新带着新教育人，跳着中国教育美丽的舞蹈，应该用怎样的步伐，才能安全地无限接近完整的幸福？

网络，是新教育发展中借力最大的，可教育在线网站也面临着新问题。

曾经，教育在线里的网友来源很单一：都是一群热爱教育的人。那时论坛里的争论、研讨，都有一定规矩，气氛很好。

随着网络的普及与教育在线网站的发展，网友的身份越来越复杂，人群扩大、良莠不齐；虚拟的网络上，不乏无聊甚至恶意之人，他们随意发表不负责任的言论，很大程度上影响了论坛中的正常交流，并且已经产生"劣币驱逐良币"的不良反应。

博客之所以繁荣，很大程度上是因为博客可以自主管理，可以轻易把自己不喜欢的人与事删除。论坛里的恶意回复只有版主才能删除。可论坛的多方交流、沟通、碰撞的功能，博客永远无法取代。而新教育正是需要交流、沟通、碰撞。更别说还必须由论坛协助完成许多新教育的实验工作。

网站是新教育永远无法舍弃的一部分，教育在线网站的运营费用也在日益增加。为了更有利于发展，必须对网站定位做新的规划：从扩张、庞大，到简洁、有序、高效。

因此，网站是否可以对所有网友开放浏览权限的同时，对注册加以限制，采取熟人推荐和提交文章审批两者结合的办法，通过审批方可注册 ID？

如此确保发言者的真诚，就能大大减少络绎不绝的广告帖，净化论坛讨论的空气，做到真正尊重绝大多数认真发言的草根网友，让他们不用担心"马甲"捣乱，从而乐于发言。通过这些有效发言，吸引更多对教育有见解的网友来注册、来认真讨论，使论坛走向良性循环。

这样有秩序的网络，才真正是展示新教育的窗口，是热心教育人士的家园，而不会发生一粒老鼠屎坏了一锅粥的悲剧。这样真诚的网络，才能更好地帮助新教育实验实现各种构想。那时，新教育人之间自发的互助将更多，新教育实验也将更有凝聚力。

新教育人，能否为传承中国文化做得更多？

这一点，与其说是忧虑，不如说是渴望与请求。因为，新教育实验在提倡阅读方面，已经做得很好。在对中国经典的传承上，新教育实验以儒家精神为核心，更博采众长，是对传统文化有扬有弃的继承。在阅读方式上，从单纯的书本引向影视，又从影视回归于文本中，如此精读，必然能让孩子吃透文字。

但是，屁股决定脑袋的理论是正确的，我身为一位儿童文学作者，渴望新教育实验能做得更好：在阅读中，能否更注重挖掘当下的中国原创作品？

文化阅读课代表着绝大部分老师对阅读的态度，此类课的取材偏重于两种：一种是中国古代经典，另一种是外国引进作品。

海门年会中我听了东洲小学吴建英老师的公开课。那是一节精彩的文化阅读课，讲泰戈尔的散文诗《金色花》，主题是体现母子之爱。课程本身无可挑剔，但从选材来说，值得商讨的是：金色花是印度的圣花，但中国人，哪怕是成人，对金色花也并不了解。为此吴老师精心制作了视频。但金色花已不纯粹是花，而是印度的一种文化符号，其丰富的含义无法通过视频表达。因此孩子们也较难理解文章深意。

同类主题的中国当下原创作品有很多，其中也不乏优秀文章：它们在主题上，比过去的儿童文学更贴近当下生活、更深入人性；它们在容易被孩子接受、理解上，更有着引进版无法比拟的优势。

经典，是经过时间淘洗的作品，肯定有其价值。但无论是中国古代还是国外的经典作品，其生活场景毕竟距离现在的中国孩子更远，理解起来有难度，国外经典还容易有"翻译腔"，比不上中国原创精品的语言。这时，经典中蕴涵的那些人类最宝贵的精神财富，对一般读者来说，就成了一座高山；对孩子来说，即使有父母与老师的引领，想让他一步跨上山顶去领略风光，也十分困难。如果没有父母与老师的鼓励与引导，让孩子直接阅读经典名著，一旦孩子觉得困难、感到乏味，就可能直接伤害到孩子的阅读乐趣与兴趣。

我们常常发现：父母给孩子买经典，孩子不读，却跑去书店看流行小说。这样的孩子往往会被批评。可并不是每个人都明白：阅读是种能力，是种将文字在脑中转换为画面的能力。对孩子来说，越是描写自己熟悉生活的文字，越容易在脑海中转换为画面，就像看动画片一样。很多名著的内容离孩子现在的时代太远，孩子不熟悉书里的生活场景，难以想象出那是怎样的画面。这才是导致他们对名著往往不感兴趣的真正原因。

因此，在培养阅读兴趣、提高阅读能力上，当下的中国原创作品能对孩子做出其他作品无法比拟的贡献。它能为孩子在攀登经典名著的高山中，搭起一个梯子，从而让他们循序渐进地登上山顶。

与此同时，理解万物从自我开始，这是人的天性。当孩子们看到与自己的生活切实相关的文字时，他们看到的不仅是单纯的故事与知识，更能直接感受书里所说的是有温度的生活与生命。

从更大的意义来讲，新教育人挖掘当下优秀的原创作品向孩子推荐，是推动了中国童书的发展。在中国童书阅读推广人渐渐开始混淆了专业与商业的界限时，爱孩子、懂童书的老师就是最公正的推广人。优秀不被埋没，就会激发更多优秀。而中国童书的进步，也是中国文化承继的一个重要组成部分。

感慨与忧虑

我之所以如此感慨而忧虑，是因为新教育从某种意义上来说是"老教育"，她是让人回归心灵、回归最初的"老教育"；她是希望最终成为中国孩子普通教育的"老教育"。而她的新、她的不普通，只是因为她在不断自我完善，而现行教育又并不完善。

我之所以如此感慨而忧虑，是因为新教育是新教育人的教育，却绝不仅仅是新教育人的教育。这是中国人的教育，这是将改变中国的教育。这是一场形式上自下而上，实质却自内而外的教育，因为她改变的是老师们的心，再用老师们强大的心灵，与孩子们的心碰撞出迷人的智慧光芒。将点点星光汇聚，照亮前路，吸引更多人前行、吸引全中国的人们同行。

尤其是那些遭受过创痛的人们。

这次年会中，临时增加了一项会议议程：四川北川实验区给无锡灵山慈善基金会赠送锦旗的仪式。

在北川教师进修学校校长、北川新教育实验区负责人徐正富老师发言之前，介绍到他来自北川时，没有人喊"静一静"，会场突然变得鸦雀无声。

徐老师在介绍情况时，说到北川的学校快要建好了，马上就可以投入使用，这次建设的学校硬件设施，比以前要先进50年，会场立刻自发地响起了一片热烈的掌声。

徐老师又说：硬件建设好了，学校最关键的其实是软件，感谢新教育提供的公益培训——会场一片温馨的安静。我想，每个听到这句话的新教育人，都会为自己感到一点点骄傲和许多许多自豪！

我在灾后去过北川，可惜并不是与新教育人一起。

新教育海门年会 7 月 12 日上午的会场上，我身旁坐着一位来自海门，长着孩子般圆溜溜、亮晶晶的眼睛的老师。开会间隙，我们做了简短交流，他从朱永新老师的博客中看过写我的那篇文章，好奇地问了我一句话：你为什么会关心教育？

我被问得有点发愣。我都忘记当时给了他怎样的答案，因为我心里其实更想反问：我为什么不关心教育？

后来一琢磨，我平时生活中也是这样：往往别人认为习以为常的事，我会大惊小怪；别人认为有点奇怪的事，我却打心眼里觉得理所应当。

那么，我究竟为什么会走进新教育、走进海门年会？为什么会关心教育？

我为什么关心教育？也许是因为我真正领略过教育的美。

我那又帅又酷的三叔是一位老师，三叔在我身上花费的精力比我那常年出差的父亲还要多。三叔现在已经获评为省级十大名师，早在他还没被评为名师、还是一位普通农村中学校长的当年，他就是在初三的晚自习上让同学们唱歌、表演节目的物理老师，他就是在物理课堂上尽最大可能让同学们多做实验的老师，他就是平时习惯板着脸导致学生称他"金老虎"、笑脸几乎都留在课堂上的老师。后来三叔被调进城当校长，他带去了那所农村中学的大部分老师，而这些老师也都成了教学骨干力量，很多也是当地有名的老师——三叔和那群老师们真正教出了不少优秀学生，尽管我太贪玩，成绩没有三叔希望的那么好，可我起码是比一般学生更懂得老师的辛劳、也真正感受过学生对老师的敬爱、喜爱的人。

我为什么关心教育？也许是因为我真正体会过教育的痛。

2004 年我曾到山区支教，那是一所全校仅 16 名学生的"不完全"小学，以前一直只有一位老师，我去的那年增加至三位。学校的负责人是一直坚守在那里的老师，听说是位省级模范教师，后来又获评全国模范教师。

可这位模范教师，只会说带着浓浓乡音的普通话、会让调皮的学生在操场上站成一排、会让学生用背诵"五可以分成一加四，五可以分成二加三"的方式学数学……如果我早听到朱永新老师提醒的"现实的复杂与残酷"，我可能还会有所准备。但当年的我大失所望，没想到我兴致勃勃的支教生活、应该是榜样的模范教师，会是这样。这件事让我顿感自我力量的极度渺小，很长一段时间心情十分灰暗。

离开山区很久后，经过一次次反省与挣扎，我终于从灵魂深处醒悟：这位老师以及类似的所有老师，的确有他们的伟大之处！我只是贫困山区的过客，是他们默默守在山区，几十年如一日地坚守在教育第一线，显然他们有自身的局限，可如果没有他们，那些山区孩子很可能会变成新的文盲。

几年后我再见那位老师时，他因为普通话不合格已经离开一线教学，只能干些杂务。而我对这一切感到迷惘、痛苦、心有不甘，却又无能为力。

我为什么关心教育？也许是因为我一直迷恋文学。

文学并不以教育为唯一目的，可文学是传承文化的一种形式，本身就是潜移默化的教育。且不说那些描写光明的经典著作是如何开辟新的精神疆域、是如何鼓舞和激励人，就算那些洞悉人性黑暗面的经典著作，它们也都在以自身为例，振聋发聩地警醒世人。

作者和老师是不同的职业，但所有职业都是发挥人类独特的技艺。由技走向艺的过程是漫长、艰辛而又幸福的跋涉。我以为，技是从职业本身的特点进行专业学习，达到艺的水平则要求我们必须要从社会、从生活中寻觅。而教育中的任何细节，无论好坏，在其背后都能找到相应的社会支撑，可以说教育问题囊括了一切社会问题。

如何让文学更有力量？文学评论家李敬泽有个观点：现在大多数作者是"被怀疑毒害"而找不到所"信"，因为我们身处很容易"不信"的时代。我深以为然。不破不立可能对，但绝非"破"就等于"立"，不能有所"立"的"破"，是真正的破坏，而能有所"立"的关键是如何找到所信、坚持所信、实践所信。我希望自己做个有怀疑但有所信的人，我以为关心教育是关注社会的一条捷径，而且教育是传承昨天、期待未来的工作，因此是条能让人保持希望、不至于陷入彻底虚无的捷径，是能呵护所信的捷径。

我为什么关心教育？也许是因为我写了不少儿童文学作品。

我以为在文学的不同门类中，儿童文学是与教育最为相关的一种，双方的本质在一点上最大地共通：可以不回避现实，可以不隐瞒黑暗，但再黑暗的现实也必须引导对方用积极的态度去面对，因为我们都希望明天要比今天美好，那么明天的孩子必须比今天好才行。而纵观比中国更早进行的国外儿童文学写作，每次儿童文学的创新，往往离不开当时教育理念上的革新。

1945 年，"当时关于瑞典儿童的教育问题的辩论正进行得如火如荼——以昔日的权威性教育为一方，以现代自由教育思想为另一方"（来自《林格伦和她创造的儿童世界》，作者李之义，中国少年儿童出版社《长袜子皮皮》序言，2006 年 6 月第一版），直接催生了林格伦这位儿童文学大师。否则，如今被瑞典首相认为是"在某种程度上把儿童和儿童文学从传统、迷信权威和道德主义中解放出来……变成了自由人类的象征"的主人公长袜子皮皮，恐怕只会被认为是个胡说八道、胡作非为的坏孩子典型。

我为什么关心教育？也许是因为我进过太多学校、见过不少教育现状。

其实在 2003 年至 2008 年的 5 年中，我一直过着"隐形"的生活，别说进学校，就连为了图书出版配合报纸采访、到书店进行签售都不肯，为此曾有一位编辑气得和我绝交，而我依然固执地坚持，以为这才是保存完好自我、保存独立个性、是写作者最好的选择。直到与我的编辑薛晓哲先生相遇，我在他多达二十余次的沟通下，同意了配合出版社的进校园活动，一年中在不同地区的不同学校做了近百场关于阅读与写作的讲座。

这一年中，我的思想经历了三个阶段：从开始的激情浪漫，以为自己呼啸一声，便能点燃孩子心中阅读与写作的火种；到中间的消极彷徨、萌生退意，发现自己的力量其实微乎其微，甚至见到一味将讲座与出版社推广图书挂钩的学校，认为这是纯粹的商业行为，单单认定这是给我的赏赐，而我在与孩子的沟通中也并没有掌握技巧，感觉泛泛的讲座对我的写作积累并无太大作用；到最后的"现实理想主义"，我初步掌握一定的沟通技巧，并能认识到点燃火种并呵护火苗逐日熊熊燃烧的人，是与孩子们朝夕相伴的老师，但我可以并只能在孩子的生命中再添一根柴火。我这微小的力量，也有存在的意义。

我为什么关心教育？也许因为我一直也为自己没能受到很好的教育而底气不足。

但看了朱永新老师的书后，我才明白，我其实是受到了最好的教育。我是由姥姥带大的，这位从三十出头开始，守寡一生的老人，善良而豁达，对待孙子、外孙、男孩、女孩一视同仁，长大后我才知道她告诉我的是"平等"。我的父母都是普通工人，我的童年他们忙于生计，基本对我"放养"，可我的父亲见多识广却善良如初，直到老年，始终保存着孩子般的天真。我的母亲智慧、勤劳，是她合理分配全家的财富，撑起整个大家庭，培养当时尚未成年的我那三个叔叔和一个姑姑成长、成才、成家。我的二婶初次与母亲见面后给母亲写信："以前听说过'嫂娘'，只以为那是艺术夸张，现在我才知道原来真的有。"除此之外母亲秀丽的相貌、诙谐幽默的谈吐、与人为善的天性、对路人的事都会热情相助，曾抚养流浪男孩，导致男孩父亲来接他回家男孩都不太愿意……母亲是传统意义上近乎完美的中国女人；我还有一个哥哥，善良、倔强、传统又固执，我一路在和他打打闹闹中长大，学会了与人协作与坚持己见并存；除此之外，大家庭的氛围更给了我额外的滋养，叔叔与姑姑、姨夫与小姨这些亲人间密切的往来，让我直到二十多岁都分不清家人与亲戚的区别——朱永新老师的书告诉我：我这些最为普通的家人，就是我受到的最好的教育，它给我的精神世界描绘了光明的底色。每个人的成长都不会一帆风顺，在我的人生转折与精神危机中，是这种教育让我沉浮数次，却没有陷入彻底的绝望与虚无。

我为什么关心教育？说到底，是因为我新近买了一批朱永新老师的书，刚刚读完其中的《我的教育理想（增补本）》和《反思与借鉴》。从我的角度来看，这绝不仅仅是教育，这是哲学，这是生活，这是包罗万象的知识与精神的宝库。

追寻万事万物到最后，都会上升到哲学的高度。我这两年在啃哲学书，但牙口不好，很多啃得费劲或干脆啃不动。朱永新老师的书我不仅读得懂、读得有趣、读得有回味，甚至读得两眼放光，或者心有戚戚，偶尔还想辩论。而且这是积极入世的哲学，对我是有益的补充。生活像锅正在沸腾的粥，火热又混乱，教育理论书籍在一般人心中则是书斋里的文字，两者应该完全不相干。可朱永新老师的书说：中国年轻教师把身为学生家长的博士生导师骂得狗血淋头；日本小学生写母亲的作文会生动活泼，写父亲的作为就会呆板无趣，因为父亲常常不在家、是"影子父亲"……教育是一门专业知识，但朱永新老师的书从教育问题的原点出发，却纵横古今中外，不仅提供知识，告诉我"传统人"与"现代人"的区别，讲解生物学家达尔文原来还对现代心理学影响很大，日本强调求合作共存亡而美国强调自豪精神和"世界主人"的气度……比这些知识更重要的是，朱永新老师书中的内容，可能正在为我绘制出属于我的阅读地图。

我为什么关心教育？说到底，是因为我遇到的是新教育，我认为，这种教育，不仅教育孩子，同样教育成年人。

朱永新老师写过一段话："我心目中的理想教师，是一个胸怀理想，充满激情和诗意的教师；是一个自信、自强，不断挑战自我的教师；是一个善于合作，具有人格魅力的教师；是一个非常尊重他的同事，非常尊重他的领导，非常善于调动帮助他成长的各方面因素的教师；是一个充满爱心，受学生尊敬的教师；是一个追求卓越、富有创新精神的教师；是一个善于学习、不断充实自我的教师；是一个关注人类命运，具有社会责任感的教师；是一个坚韧、刚强，不向挫折弯腰的教师。"如果把"教师"二字替换为"人"，你会发现完全适用。而这新教育之新，在于它"永新"，因为这是一种正在进行时的、正在自我完善的教育，这不是朱永新老师一个人的新教育，是一群"相同尺码"人的新教育，甚至可能成为一个国家、几代人的新教育。

几年前，记得在写《玻璃间》期间，一次和好友李西西闲聊，我一直追问一个问题：如果中国所有人都具备高素质、成为理想中的人，那我们国家的人口数量还是不是负担？我们是不是就会变成发达国家？李西西笑我又吃饱了撑得胡思乱想。在朱永新老师的书里，我看到他引用了邓小平的一句话："我们国家，国力的强弱，经济发展后劲的大小，越来越取决于劳动者的素质，取决于知识分子的数量和质量。一个十几亿人口的大国，教育搞上去了，人才资源的巨大优势是任何国家比不了的。有了人才优势，再加上先进的社会主义制度，我们的目标就有把握达到。"——几年后的今天，看到这段文字的我已经经历更多，我心潮澎湃却变得默然无语。

不，在教育这件事上，没有什么不可能。只是我们得具备与之匹配的力量、采取与之适宜的行动。天下兴亡，匹夫有责——这句话，我想把它理解为今天的民主。民主不仅是每个人要表达自己的意见，更重要的是每个人付出自己的汗水、进行自己的努力。

说实在的，现在谁不关心教育？传统文化的断裂、物质的现代化进程中被忽视的人性、精神上的焦虑与恐慌……被时代困扰、被生活围剿的每个中国人，都在寻找对教育的发言权，都对教育有发言权。但发言的正确与否、深入与否，却大相径庭。

鉴于此，我写下了以上这些文字。

这就是我的教育史，是根据申报新教育网络师范大学的入学要求写的。我马上会按规章制度报名。

只是，我不是有着正规教育理论学习基础的师范生，也不是有着丰富教学经验的一线教师，而且我也是个害怕考试的人。

可是，我虽然没看过多少书，但我渴望看书的热情不亚于任何人；我虽然没有多高深的水平，但我对学习的热爱不亚于任何人——这，是我以前的所有老师、是我受的所有教育留给我的最大财富。我虽然害怕考试，但我觉得我一点不怕新教育的考试，这次学习的考试方式我研究过了，很符合朱永新老师书里写过的：建议中国教育的所有考试都开卷，因为生活就是开卷的。

即便如此，我也深知这次学习对于还没入教育之门的我来说，仍然是个巨大的挑战，可我想，最起码我有热情迎接这个挑战，我希望借这压力强迫自己系统地多看一些书，而且我真正有兴趣。据说，兴趣是比朱永新老师还要好的老师．

但，因为我研究过，我不属于新教育网络师范大学的招生范畴，我也做好了惨遭拒绝的准备。

所以在论坛上把这篇文字公开，一则号召大家积极加入，我觉得适度的压力是比自学更容易坚持、更容易取得成绩的；二则万一我没被录取，也好借机哭闹耍赖，发动老师们在论坛游行，用舆论给不录取我的人施加压力；三则再万一我还是没被录取，那肯定是有不可抗拒的重要原因的。既然不可抗拒，我就乖乖接受，我也不会消沉，依然会继续关心教育，继续给新教育种花、挑刺。

我将永远记得，在刚刚看到"朱永新倡导新教育"时，我的第一念头是：这肯定又是一个没什么真本事、却喜欢出风头的专家，否则，怎么会把自己提倡的教育，就自命为"新"教育？

人生中有很多念头，就带着自以为是的印象一闪而过，在一次次此类"一闪念"中，我们渐渐变得不懂自省，只知埋怨他人、抱怨环境。

幸运的是这次我得到机会校正自己的愚蠢，我走进海门年会，走进了新教育。我才发现，这新教育之新，不是朱永新之新，而是教育之新、朱永新之心！新教育之新与朱永新之心，同为中国之幸！

新教育年会，是一座神殿——无数老师，造就这个精神的殿堂。

新教育年会，是一次盛会——激情、庄严、神圣，令我热泪盈眶。

这个火辣辣的夏天，让我感慨又忧虑。

因为新教育绝不仅仅是新教育人的教育实验，她代表了太多普通中国人的教育强国之梦。

因为新教育之火，现在规模已经如此庞大，堪称正在燎原。可这还不够，永远不够。我们分明对现状有太多的不满，我们分明对未来有太美的期盼。

我希望，年会，是一场欢聚——参会的所有新教育人都如孩子般神采飞扬！

我希望，新教育，是一段接力——新教育人的永恒理想与坚定行动，重铸教育灵魂、再建国人精神！

也许我们都会感叹，怎么会生活在这样的中国，却常常忘记，我们的行动，将催生明天的中国。

后者，是新教育实验在努力做的事。

那么，新教育，请飞得更高些吧——帮国人强健心灵，助中国真正富强！

2009 年 7 月于江苏、浙江、湖北

捌　悲恸2010　我能做些什么？

题记

　　2010 年春，于教育而言，是颇不平静的一年。陆续发生了数起针对校园、针对儿童的刑事案件，震惊全国。

　　4 月 29 日，我正在出差参加"作家进校园"的活动途中，在宾馆房间里，看到幼儿园的孩子惨遭凶手残害的新闻，突然情绪失控，失声痛哭。

　　5 月 12 日，又一起类似的悲剧发生时，我写下了这篇短文。

　　中国，需要以行动建设。国人，需要以行动温暖。

　　与其祈祷上天赐福，不如今天从我做起。

《风云》 童喜喜摄于新疆

江苏泰兴，我为你号啕。我愤怒，我咒骂，我也呐喊着。

陕西南郑，今天，我为你依然不觉中泪流满面，可今天，我哭时已经能努力笑着。

是的，我无法阻止孩子一个接一个被杀害。可我想，我能做的还有很多。

我能指责。我不再把责任全推给个体无力追究的社会，我要坚定地指责凶手：变成魔鬼的真正原因，不是社会，是你自己。即使社会再不公正，你也有足够的能力不变为恶魔。

我能笑。给每一个人善意的微笑，给乞丐，给失败者。我不奢望笑容的阳光能迅速驱散阴霾。可笑容就是阳光，心底越是寒冷的人，越需要阳光，哪怕没有温度只有颜色。

我能沉默。我能不再简单地批评、抱怨甚至怒骂，哪怕是在言论泛滥的网上。

我能思考更多。我能把自己的神经一端连着这个高烧的世界，另一端努力去做到冷静而不冷漠。

我能写作。我会写出关于家庭、关于生命的故事，能让孩子与大人同时去看的故事，能重建家庭意义的故事，重现生命的脆弱与光芒的故事。我会努力写得很好，写得很多，很多很多。

我能赠予。是的，很多人都受骗太多，紧张地捂着自己的口袋。那么，我可以往你的口袋里放进一点东西，一点善意，无需你回报。但凡力所能及，我都慢慢去做，你若肯张开眼睛，会发现这样做的人其实很多。

孩子，孩子！！！所有无辜死去的人们！！！我还苟活着，我还能为你们祈祷。愿你们的灵魂能得到安息，愿你们的鲜血能警醒麻木。愿卑微的我们，能得到你们赐予的力量，继续前行。在不同的单行道上，你们和我们，都只能努力走好。

以前，我看着向前延伸的大路，总是问大路：你通往哪里？我要去哪里？

我决心，以后不再问大路。即使心生彷徨，迷雾重重，我也能低头，能看到自己的双脚，到底想要走向哪里。

是的，我无法阻止孩子一个接一个被杀害。今天我流着泪，却努力笑着。因为，即便橡皮筋绷紧到即将断裂，我能做的还有很多。

2010 年 5 月 12 日于浙江

题记：

　　2011 年 11 月 23 日，我向新教育发起人朱永新老师主动请缨，启动了"萤火虫"亲子共读公益项目。

　　自封为"全职义工型项目负责人"，我在网上公开承诺："合约两年。之所以将两年中本职工作的收入全部捐赠新教育，一、我爱新教育。二、我珍惜我的新教育义工身份胜于一切。三、借经济的压力，让我业余不要忘记写作，而且要写得更好。欢迎大家监督我。"

　　其后应《中国教育报》读书周刊之邀写下此文，记录了全力投入阅读推广工作中的回望和思考。

《朝向》 童喜喜摄于湖北

真正的定义，是用行动对词语进行最终诠释。

所以，同是"作家"，有人定义为职业，随便出一本书，就成了"作家"；有人定义为荣誉，必须一家之言自成风格，如教师与教育家的不同。

同是"阅读推广人"，有人定义为职业，在强大的利益需求与民众混沌的渴望之中，扮演面目模糊的中介商角色；有人定义为荣誉，是于商业洪流中坚守一份良知，研习不同人群的精神所需，庄重地推荐自己的所知、所爱、所信。

我是一个作者，努力成为作家的作者。我理解的阅读推广，则必须是一位真正的理想主义者才能做的事。

你以为你是谁

我的阅读推广之路，可从山区支教算起。

2004 年 8 月，我与好友李西西同赴神农架支脉下的一所全校仅 16 名学生的"不完全"小学支教。支教中，深受山区孩子贫瘠精神生活的震撼，支教结束，我与李西西开始自费购买各种课外书，以"喜阅会"网站的名义，赠送给贫困的儿童。三年中，陆续赠书数千册。

听上去，这是一段相当积极、阳光、正面的人生。事实却恰恰相反。

准确地说，支教，只是一段热血加好奇而起的短暂旅程，与奉献、高尚无关。此前，我从未到过真正的山区。我心目中的山村小学，是由头发花白、温文谦和的老先生，聪颖质朴、顽皮喜悦的孩子组成的。满怀玫瑰色的幻梦走进现实，哪怕当时我对教育十分无知，现实中的山区也足以让我大吃一惊，甚至大失所望。

鲜花易谢，白纸易污。在恶劣的现实生态里，一个纯粹的理想主义者容易变得虚无。更何况，如果说我去支教的原因里还多少存有一缕理想主义的光芒，那光芒也绝对来自我真正的天真。接下去的两年，我一直反思自己的山区支教生活，甚至多次后悔支教的行动，因为那让我美梦破碎，一度觉得做什么都没有意义。

因此，给贫困孩子赠书，看见一张原本灰扑扑的小脸，因为一本书突然明亮起来，我则收获一双双漆黑眼珠里的友善与热爱，收获一张张突然绽放的憨厚纯洁的笑容，那是虚无的我在两年中难得的幸福的时刻。

行动，总是艰难的。送书，也不容易。从选购、运送到分发，做过才知麻烦。我也曾有过凌晨四点出发，拦了贩运蔬菜的小车又担心遇害，偷偷用短信把车牌号码发给亲人的经历。

行动，就有收获。这样不断重返贫困地区、深入贫困地区，我用了两年，终于反省：我有权利抨击山区的教育现状，却没有资格因支教而自以为站到道德的制高点去指责任何一位山区教师。因为，我所做的一切加起来，都比不上一位在山区教了一辈子书的最普通的老师更有用。因为，真正坚守在山村为孩子们启蒙的，是他们，不是我。

只是，那三年，我对何为阅读推广，完全无知。我理解的阅读，只是给孩子送本课外书，送去一个童年里可供反复琢磨的高级玩具；我理解的推广，只是抱着"人人生而平等"的基本想法，只求心安地随意赠书，只求分享孩子欢笑那一刻的喜悦，以此填补自己心灵的空洞。仅此而已。

因此在 2007 年 7 月，致力于阅读推广的民间公益组织"公益小书房"的创始人漪然在机构尚未正式成立时，邀请我担任该机构顾问、携手进行阅读推广，我的答复是："我看我倒可以送给你几本书。咱们做点实际的小事可以，反正我不当什么顾问。我不会那么拿自己当回事儿。我拯救不了别的孩子，我也做不了义工。我支持你想做的事，但很抱歉，我没法答应你的要求。你是个有大志向的人，我很敬佩，但我做不了你说的这些。"

回想起来，自然是深感惭愧。但我必须面对过去的我、过去的真实。曾经的真实想法就是：你以为你是谁？你能改变什么？不，做得再多，也毫无用处。

你发现你是谁

2008 年，我开始与中国少儿出版社时任编辑部主任的薛晓哲老师长期合作。

被誉为"中国原创科普出版第一人"的薛老师首次试水儿童文学出版领域，既勇猛又谨慎，用心极深。我在此前 5 年的写作生涯中，从未做过任何宣传活动，出版的图书上也没有作者照片、几乎拒绝所有采访。而围绕我必须配合宣传活动的问题，据他统计说服我不下 20 次，最终我举手投降。

于是，"作家进校园"活动，成为我勉强开始的第二段阅读推广生涯。

此类由学校提供场地、出版方支付差旅费用、当地书店协调组织的活动，简便易行。流程基本是：作者走进校园后，讲座，售书，签名，活动结束。或者为了回避销售的商业色彩，在活动前"号召"学生买书。

这种活动从承办方、从阅读推广而言，的确利用社会资源拓宽了学生视野，并因作家的到来，对学生们，尤其是年幼的孩子有着积极的意义，很容易在学校里掀起阅读的高潮；从出版方、从商业利益而言，这是直接将广告做到了终端读者面前，作家讲座后销售的模式会对图书销量有着积极的影响。

我进校园的一路，却是哭啼吵闹的一路。此前内向得近乎自闭的我，完全无法胜任演讲，一上讲台就发生满脸通红地面对近千学生鞠躬致歉"我忘词了"的悲剧。接着，更是多次在马路边丢开行李，哭嚷着不愿走。

换了其他编辑，大概早已作罢。只是我遇上的是薛老师。他不轻易与作者长期合作，定下合作的决心，就不轻易放弃。他是我的编辑，更是我人生路上亦师亦友的重要他人。在他的帮助下，我在一场又一场讲座、一次又一次失败中，一点一滴地成长。

只是，演讲技术的提高，并未解开我的心结。我对"作家"视之甚高，也就视如卖菜般推销自己的作品为折磨。

直至 2009 年 6 月，我在网上发表的一篇对新教育的感想被新教育发起人朱永新老师偶然看到，他回应称："欢迎您参加我们 7 月 10 日在江苏海门的新教育年会，欢迎您加入我们的阅读推广队伍。"

走进新教育，走进新世界。

作为一种教育实验，新教育在教学上有着将高品质童书大量引入课堂的创举，这样的新教育，对阅读的理解之深、推广的力度之大，超乎我的想象。

是和新教育一线老师摸爬滚打的交流学习中，是从新教育学生日新月异的成长变化中，尤其是在新教育研究中心的老师们对阅读的深度阐释中，我逐渐明白了：阅读，其实很重要，推广，其实很必要。如此日复一日耳濡目染，我也试着写下题为《中国孩子的阅读问题》的系列文章，与同好交流，响应者颇众。

就这样，我发现了新的我：我能进行有感召力的演讲，我能现学现卖进行阅读研究，我甚至能照猫画虎地上一堂阅读课……总而言之，我有条件成为阅读推广人。

可是，此时的阅读推广，已是乱花渐欲迷人眼。最为典型的案例是 2010 年春的玉树地震后，两位儿童文学作家之间围绕作家进校园活动的纷争。

一方指责"震后两天，到山东青岛的小学推销自己的图书……对灾区人民表现得冷漠，令人失望"，这一方，在玉树地震中慨然捐款百万，且有其他诸多义举，但他此前也同样进行过不少进校园签售活动。

另一方则坦然回应："我这次的讲座是正经、严肃、认真的，由始至终没有宣传自己的作品。""没有组织任何的签名活动"，"活动是早在一个多月之前就安排好了，不是什么娱乐活动。玉树地震是悲痛的……对死者哀悼的同时，我们能够继续做我们认为一切有意义的事"。

……

这只是一桩浮出水面的公案，其下隐藏着更大的商业利益之冰山。不可否认，除了正规出版社利用签售推销，更有面目模糊不清的各类民间组织、出版公司等，以阅读为名、举公益之旗，挂羊头卖狗肉，利用回扣等非法竞争手段，让品质低劣的读物走进校园。

但是，在市场经济下，商业是一双看不见的巨手。首先，如果没有出版社以签售为动因去推进，联系多方组织活动、提供费用，小学校园几乎不可能迎来大批作家。其次，随着签售活动的频繁举办，正规出版社现场销售图书所得其实利润甚微，往往还不够支付作家的差旅费。第三，此类活动虽说日渐频繁，却只是局限于阅读氛围浓厚地区、经济较发达地区，在全国的版图上，绝大多数还是欠缺阅读理念、不知阅读重要、欠缺推动力量、经济欠发达的地区，这里的人们最需要阅读推广的力量，而这里的阅读推广往往万径人踪灭。

如果说两位作家的纷争还有积极意义，就是促使人们思考：商业和公益，如何接轨才能不至彼此损害？无序的市场竞争，如何才能规范到化弊为利？阅读本为启蒙心智，推广更为点燃众人，这一切又如何回避幽微人性里不可测的一面，真正成为积极推动的力量，而不至喧嚣为一场闹剧？是因噎废食，还是因势利导、因地制宜？

中国的背景，国人只能在重重危机里摸索自己的道路。阅读是精神的基石，阅读推广如同西西弗斯的无望努力，回避不了这些沉重。

——当然，那时的我，认为一切与我无关。

因此，2010 年夏天，我、朱永新老师和已成为新教育义工的薛晓哲老师吃饭时，酒过三巡，薛老师指着我，向朱老师道出了自己的委屈："我跟新教育学校联系阅读讲座，她说我——庸俗！"

当薛老师把这句话重复到第三遍、我确信他绝没喝醉时，我才意识到：我的话，真的伤了他的心。

的确，我发现我能做阅读推广人，我却不想做。我喜欢写作，喜欢清净。一位作者去做阅读推广，总有王婆卖瓜之嫌。我又何必在瓜田李下，去当出头鸟？阅读推广，偶尔做做就行，宏伟蓝图，且由他人实现。

你不知你是谁

人生有如漆黑漫长的隧道。有时眼见前方光明，奔去却是万丈绝壁，有时分明不见五指，转身却已豁然开朗。

2011 年初夏，我意外读到当时尚未出版的《我的阅读观》书稿。我熟悉作者朱永新老师在两会上提议成立"国家阅读节"、连续9年屡败屡战的经历，却是第一次全面了解他对阅读的阐释。这本书，是一位现实的理想主义者的心灵宣言，是一声吹响的阅读的号角。它既归纳阅读的办法，也宣讲阅读的意义，更是高屋建瓴地从学校、城市、民族乃至人类的角度，指出阅读之重要。这一切，对当时正陷入精神危机中的我而言，有如甘霖。

没过多久，朱老师又带我去聆听了一场松居直的讲座。据说那是当时85岁高龄的老先生在中国的最后一场讲座。讲座中，我才得知这位终身致力于阅读推广、受人尊敬的老先生，其实一直身兼作家、编辑两职。

于是，我在阅读推广上的心结顿时消解。

于是，有了一场意料之外的免费讲座——我应邀为河南某校的全校学生家长做阅读讲座。当天，气温骤降、秋雨阴冷。会场容量有限，我在300人的会场里，一上午讲了两场，共3个小时。我第一次明白什么叫"忘我"，而听众让我第一次懂得，什么叫"鸦雀无声"。

于是，有了一场意料之外的推广行动——接下去的河南巡回讲座中，我以从未有过的热情，投入了这全新的"作家进校园"活动中。甚至，在没有安排讲座的学校，我都会主动请缨前往。讲座场次因而急剧增加，最多的一天我连讲了5场。但是，我依然精神抖擞。

于是，有了一个意料之外的公益项目——2011年11月23日，在经过一周失眠的痛苦权衡后，我决定暂时放弃写作，到新教育的新阅读研究所做"萤火虫亲子共读公益项目"（原名"三叶草亲子共读公益项目"）。我准备全职全力去做，但是，为期两年。

于是，有了一个意料之外的全新身份——2012年1月20日，以此项目为基础，新教育单独成立亲子共读研究中心，我成为该中心负责人。好友李西西和荣获中国教育报"2011年度推动阅读十大人物"提名奖的新教育榜样教师时朝莉，和我一起组成了新教育的阅读推广专职团队。从此，不是两年，而是终生。

于是，半年中，全国31个城市正式成立了新教育"萤火虫"分站，网络上直接参与者近6万人，受影响者数百万计。于是，有了一系列疯狂的阅读推广活动：河南、四川、山东、江苏……三个月之中，我带着团队进行公益讲座70余场，直接听众6万余人。于是，有了疯狂后的冷静反思：如何真正结合教育的实际，把新教育十年中教室里进行的阅读探索，消化、转化为一个个家庭里方便操作的阅读手册，从而让阅读推广更深入、持续、有效？于是，有了一大批师友、义工，以各种方式携手前行……

我的生命，从未如此波澜壮阔。而一切都在意料之外。想都没敢想过，有一天，我会认可自己是一位阅读推广人。

然而，今天的我，就知道我是谁吗？

不，我仍然不知道。

我仍以写作谋生、以稿费糊口。我坚持从整个新教育工作中，不仅不拿一分钱，还要照样捐助新教育。这不是我清高，更不是我富裕，而是我担心拿一份工资，会让我逐渐忘却写作的根本……

曾经，我不屑于向基金会申请资助、甚至没兴趣得到新教育基金会的资助。曾经在面对基金会项目官员时，我笑嘻嘻地回答："我其实不用申请。不用一分钱，这个公益项目我也能做。"半年后，我却深感要想把这样规模的大事真正做好，必须赢得更多的资金支持……

我作为负责人，曾被人笑称"白条老板"。经费紧张是真，我从不担心缺钱也是真：我坚信，做好事、把事做好，一定有各种人以各种方式相助。但我担心自己是否真能做好项目，从而赢得信任？

前路，仍有太多未知。

只是，要改变未来，必须教育孩子。想帮助孩子，必须改变父母。在父母和孩子之间、学校和家庭之间、城市和乡村之间，阅读可以成为彼此沟通的坚实桥梁。要化解应试教育的弊端，终生阅读是最好的武器。

人性的确太玄妙了。它有时那么阴暗，简直能吞噬一切。在某些时刻，它又是那么璀璨，宛如神灵的光。

岁月持续淘洗，至此已是坚信：星点萤火，不为狂风所熄。阅读推广对我，不是事业，而是"志业"。以此为志，乐此不疲。我以做阅读推广人，为荣。

你还能成为谁

以上内容，其实已经是一篇完整的文章——完稿于 2012 年 5 月 22 日，刊发在 2012 年 6 月 4 日的《中国教育报》上。

这是一篇约稿，需要我写 3000 字。但我第一次把约稿写得刹不住车还难以删除，稿件全文 5000 多字。最后，编辑换了版面，基本全文刊登。

为了给这篇后记核对日期，我翻出了当时编辑网上约稿的聊天记录。看着看着，我的眼睛不知不觉湿润了……

她说："是想让你从一个儿童阅读推广人的角度写，谈谈你这么多年来在儿童阅读推广过程中经历的故事，和对儿童阅读推广人这个角色的反思。"

她说："你可以写新教育的亲子阅读项目，但不要写太多这个项目本身，更多的是思考，和背后的故事。"

她说："你的身份很特殊。从作家到支教，到专职做儿童阅读推广，写一写中间的故事，就有点像你当年曾给朱永新写的《给新教育的一封信》那样，有故事有反思，好吗？"这里编辑记忆有误。她指的应该是我第一次遭遇新教育时，在论坛上连载的洋洋数万言长帖《我想做个新的孩子——海门年会的感动与忧虑》。

她说："其实，（阅读推广人）这两年的名气不太好了。连 XX 给我写稿时，早就不让我落款'儿童阅读推广人'了，而是写儿童文学研究者。呵呵，这中间是为什么？你也有你自己的思考吧。"

她说："所以，在这种'儿童阅读推广人'名声并不太好的情况下，你却开始做推广人，也想听听你的思考。"

她说："个人感觉除了有一些人打着'儿童阅读推广人'的招牌赚钱，也有许多人是假冒伪劣的，用不专业的水平去教别人。都是名和利惹的祸。所以，这篇稿子请你从一个儿童阅读推广人的角度来写。"

她，是《中国教育报·读书周刊》的编辑却咏梅老师。

上面这些温柔又真诚的话，是却老师约稿时对我说的。

而我当时的回答是："那你再给我介绍一点背景情况呀！我还真不知道呢！一点儿都不懂的呢！我……只是做自己想做的事而已啊！哈哈！我要告诉朱老师，他是今年的全民阅读推广形象代言人——原来这是个不好的名声！"

两年之后的今天，有了两年的阅历，再看着这些文字，我才真正懂得了却老师言语中的信任、爱护与担忧……心中充满难以言说的感动与感谢。眼泪终是忍不住流了下来。

如果我早知道阅读推广也会是个名利场，我还会不会这样纵身一跃呢？

我想，两年前的我，肯定不会。我绝对不屑混入这个所谓的"阅读推广名利场"中。

要想混名利场，我大可专注于赚钱更多、出名更快的小说创作上。那是我的本职，何况在写作上我已经是那么一帆风顺。

也因此，在这两年之中，一方面是对事务性的工作毫无经验，我就像刚刚上学的孩子，一切都要从头学起，我又不肯服输，只能拼命工作，落下严重的腰伤；另一方面我发现自己在全然付出的公益之路上，竟然也遭遇到"名利场风暴"的袭击，从懵懂、疑惑，到惊愕、震怒，到痛苦、孤独，到绝望、虚无……2012年底，从来都自称"作者"的我，在极度愤怒中，生平第一次对人自称"我是著名儿童文学作家"……坦率地说，我受到了极为沉重的打击。

但现在的我，若让我重新选择，有一半的可能，我还会选择成为阅读推广人。

当然，另一半可能，是我会选择成为纯粹的写作者。天马行空，独来独往，自由自在，快意恩仇，这才是我。

但是机缘巧合成全了我。我自身在阅读中收获了，觉醒了，自然就希望更多人，尤其是更多普通百姓人家的孩子，能够比我更有收获，比我醒悟更早。

于是，打击没有打倒我时，2013年就成为我真正成年的一年。经历这般淬火，在许多师友的帮助下，在如饥似渴的阅读中，脆弱的理想主义者，初步成为柔韧的现实理想主义者。我开始重新坚定：没有什么是丑陋的，万物皆是工具，只看人在如何使用。于是，我重新发现且真正懂得了阅读推广既可以是名利场，也可以是一项平凡又神圣、惠及众人的工作。

何况，我们新教育"萤火虫"的阅读推广工作，早已不是局限于某一隅的推动。我们全国数百位"萤火虫"义工贯通着父母与教师、家庭与教师、社会与学校、城市与乡村，以阅读切入教育、温暖人心、改良世界……我必须说：能够一起做一件这么美妙的事，能够一起创造出那么多美好，为之哪怕需要我多付出一点、多辛苦一点，也是值得的吧。

我曾经说过："我并无信仰。教育最接近我的信仰。若有神灵，我把教育视为神灵对人类最后且唯一的救赎——这当然不是现行的教育，甚至不是新教育实验，而是广义的、全新的、理想的教育。只因我遭遇的是新教育实验，所以，余生我将很乐意把自己对教育的理解与期盼倾注到这份志业中。是为我的新教育。"

所以，新教育"萤火虫"义工的阅读推广之路，也是我不断反省、不断成长、不断自我教育的路。在这条路上，我要特别感谢一些人——

我要感谢我的父母。学历很低、工资不高、极其劳碌……他们是中国最平凡的父母。可是，他们也是最出色的父母。是他们给了我最好的家庭教育，歪打正着地培养出我的阅读能力。

我要感谢我的编辑薛晓哲。如果不是他当年的游说，现在的我想必还是那个不见任何记者、不参与任何宣传活动的"隐形人"。如果不是他对我的"萤火虫"事务一直关注又严苛相待，极大程度上激励了我，很可能我也会遇到阻力就溜之大吉。

我要感谢李庆明老师。我第一次参与的阅读推广活动，是2009年底跟随他组织的"天堂鸟"阅读推广团队前往桂林。李老师是著名的阅读推广人，那一路的耳濡目染使我深受启迪。

我要感谢新教育的一线教师。无论走到哪里，只要有机会，我就会自豪地告诉所有人：我所说的这些阅读方法，几乎都是新教育的一线老师做过的，是他们教我的。很大程度上，我进行的只是记录、归纳、总结的工作。

我要感谢全国新教育"萤火虫"义工。我从这个团队中真实地获得着巨大的力量。现在的我，很难有什么痛苦会让我流泪，但义工们的一言一行和感人的故事，却仍然时常让我热血沸腾乃至于热泪盈眶。正是这种力量，推动着我跟跟跄跄向前，跌跌撞撞成长。

我还要感谢张勇老师。他读书极多，知识积累丰厚，不仅没有因为我的无知而取笑我，反而尽力教导。阅读上，教育上，公益事务上，人生困惑上……任何问题，但凡我有所请教，任何时候，他都悉心教导，让我获益至深。

当然，我必须感谢朱永新老师。罕见的憨实、勤奋与执着，他用生命活出了阅读的力量，让我亲眼见证书籍能在熙攘世间，怎样营造出一个独立的美好世界，怎样筑造出一个自我的强大王国。见证他的奇迹，激发我的潜力。

一路读着，一路走着，要感谢的人也越来越多——

我怎么能够不感谢张秋林老师呢？当我说出我想为100所乡村学校做100场公益讲座的梦想时，他代表二十一世纪出版社全力支持，不仅为我提供全部差旅费，更为每所学校捐赠10万元图书……而我和他此前只见过两面，对话加起来不超过十句。

我怎么能够不感谢方心田老师呢？同样是这个"新孩子"乡村阅读公益行的梦想，他一听就开心地说"其实我也早就想为乡村学校做一些事"。他代表《教师博览》杂志全力支持，不仅报道活动，还为每所学校捐赠杂志……而我和他，只见过一面。

我怎么能够不感谢朱桂英姑娘呢？她毫无征兆地出现，不仅让我与波兰教育家科扎克"相遇"，更以一个"专业读书人"和"专业书评人"的高度，向我展现出一个我前所未见的阅读推广之境。我和她唯一的一次相见，一口气狂聊6个多小时，分开时累得几乎虚脱……

我还能成为谁？有时候，我会问自己。而且，有时还是会陷入对终极问题的虚无里。

最初，我对自己两个"喜"字做了定位：第一个，自己要尽可能地活得开心欢喜。第二个，让世界因为我开心欢喜一点。

现在，我发现为此只需要做一件事：为我感谢的所有人，为我遭遇过的所有美好，活下去。

与谁为伍，就会成为谁。

如果真有一天有人夸奖我的言行，我希望我有足够的时间，让我能以所有的方式，认认真真地告诉每一个人：这是因为，我曾经和你们相遇。当你们来临的时候，我充满了惊奇，有时候，我觉得我看到了永恒。

是你们让我明白了，我不是在帮助别人。我做的一切，不过是寻觅与修炼自我。人性的确太玄妙了。它有时那么黑暗，简直能吞噬一切。在某些时刻，它又是那么璀璨，宛如神灵的光。

所以，如今对我而言，最终成为什么人，一点儿也不重要了。唯一重要的，是在过程中，能够与你们相遇，同行，欣喜地——点亮自己，照亮他人。

萤火微弱，却是生命之光。我为你们而努力。

第 1-3 节完稿于 2012 年 5 月 22 日

第 4 节完稿于 2014 年 5 月 1 日 0：29

题记：

　　2008 年汶川地震，让中国人有了一次集体的自我反思。震后两个月，我到达灾区，接受了一次生命的洗礼。

　　2012 年 4 月，我再返北川，一草一木，只言片语，感受到一场心灵的地震。

　　物质的重建已不容易，心灵的新生更加艰难。所以，我眼中的教育，从来不仅仅是校园里的事。我把一切心灵的自我救赎，都称为自我教育。

　　这一年，我也经历了一次理想与现实的激烈冲突。

　　我深深感到：真相未必是可爱的，所以，真之后还必须用善去包容；善良未必是智慧的，所以，善之后还必须以美去提升。

　　或许，这样也好。走在一条特别的路上，才能欣赏到别致的风光。

　　人生之路也就是自我教育之路。我不知不觉在这条路上越走越远，却只恨自己步伐太慢。

拾　痛悟 2012　心上新北川

《希望》 童喜喜摄于北川

没想到，我会这样重返，北川。

教育在线论坛上《绿色方舟——新教育灾后教育重建援助小组行动记录》的帖子，是我在 2009 年 9 月 12 日看到的，那时距离我走进新教育，仅仅两个月。

也是从那时起，这个帖子的链接，始终存在我电脑的本地收藏夹里。电脑几次崩溃后我换过一次新电脑，每次链接丢失，总会立即找回。

帖子的开头是——

"2008 年 5 月 19 日，全国哀悼日，哀悼中，紧张准备中，随时待命中……

"2008 年 5 月 20 日，全国哀悼日，物资采购完毕，订购车票，准备分发的心理疏导资料及编辑印制，课程资料紧急准备中……

"2008 年 5 月 21 日，全国哀悼日，第一批队伍共六人从扬州出发，赴南京乘火车……"

此后，是长达 30 页的近千条回复。

默默存着这个链接，存着一份不甘沉睡的渴望。

两年半，时光飞逝。

2012 年 4 月，新教育北川实验区要举办开放周。4 月 23 日，我和我的"萤火虫"专职团队的时朝莉、李西西，抵达北川。

这一天，恰好是世界读书日。

这一天夜晚，央视的阅读晚会上，我们敬爱的朱永新老师从时任新闻出版总署署长柳斌杰的手中接过"全民阅读代言人"的荣誉，电视上，柳署长对朱老师说："你是最合格的代言人。"

而这一天早晨，我们亲切的朱老师知道我到达北川，特意发来短信，说："问北川徐校长好！"

汶川地震后一个月，朱老师奔赴北川。据媒体报道，他是第一个提出对灾区人民进行心理干预的学者。一年之后，他又将此想法完善为"关于设置国家级灾难心理援助中心的建议"提交两会。此次北川开放周，他说："北川，是我们心中永远的痛；北川，也是新教育人永远的承诺。希望继续关注、帮助，携手圆梦。"北川，也一直是他的惦念，他早在网络上公开宣布："我一直没有忘记我们的承诺，北川新教育实验区的建设一直在我们的视野之中。尚勇局长的遗愿我们一定帮助他实现。"

2008年4月28日，时任北川教育局局长的尚勇亲自带队，一行7人——"北川教育的重要人物几乎倾巢出动"，到江苏宝应的新教育基地小学考察新教育。

一番端详，相见恨晚。这群人返回后，立即在北川开始了新教育实验工作的规划、部署。他们的心是如此热切，行是如此迅速——震后，新教育援助小组在废弃的乡镇小学断墙上，已经能够看到"晨诵、午读、暮省"的新教育标语……

14天后，汶川地震，尚勇局长遇难，天人永隔。

新教育，是尚勇局长的遗愿，是无数人的心愿。那场强震，也无法阻挡那看似柔弱的新教育种子悄然落地，并且，就此生根。

今天，北川新教育受到北川教育局的全力支持，而具体实施人，则是当年同行考察的北川教师进修学校徐正富校长。

我对北川关注的开始，却与新教育无关。只是因为我来过。

地震发生时，我和编辑薛晓哲正在大庆做图书的系列宣传活动。

永远难忘那段日子，我和薛晓哲第一次成为忠诚的"电视信徒"——早已定下的活动行程无法终止，因此，每天能做的，就是活动结束后迅速返回宾馆，守到电视机前。泪水，中国的泪水，分明是连绵不绝的爱在流淌。我们和所有人一样，先是跃跃欲试，后被专家建议说服：除了所需的专业人士，一般人盲目入川，反会添乱。

就这样，我真正成行，已是 2008 年 7 月 28 日。行前完全盲目，甚至来不及等卧铺就买了火车硬座，就那么只身入川。在成都，偶然碰上一个"民间"到没有合法执照的公益组织，和组织里的几位朋友一起去了北川。也幸亏有这个不是组织的组织我才能进入北川，否则，我恐怕只能是无功而返。

即便如此，和在帐篷学校里陪伴北川一个月的新教育研究中心的人员相比，和坚守半年的新教育榜样教师王丽娟以及胡琴等老师相比，我不能称为来过，只能称为经过——

只是到了一些地方，看到有人还住在帐篷里；只是返回后，和朋友凑了点钱买了些床送去；只是后来邮寄赠送了一点课外书……就此离开。

如此轻巧地经过北川，就在后来为图书所做的宣传里，被定义为"汶川地震后到灾区做志愿者"这样一个颇惹人遐想的身份。

或许，这样的定义也是正确的吧。毕竟，相对于具体的个人，定义永远是一个宽泛的概念。毕竟，我有志而来，虽无多大善行，却存善念，未曾伤害北川。

只是，宣传再妙笔生花，定义再含糊不清，无论他人褒贬，我，当然知道自己是谁。

我匆匆而来，匆匆离开。离开后，一直盼回北川，一直怕回北川。

震后，一些灾难前后的众生相渐次曝光，曾经爱意汹涌的国人，顷刻又还原为冷漠尖刻的同胞。

而我为帐篷里的灾民筹集床款的短短募捐过程，既发生了让我无比感动的事，比如许多陌生的朋友慷慨解囊，也有着一些人的冷言冷语，让我无比惊愕，乃至于感到尖锐的疼痛。

就像我走进新教育的这三年里，为其动容，同时为其深深痛苦的初期，我也曾同样懊恼过一样，我对最亲密的朋友倾诉——我这样的写作者，本身就有着过于敏感的神经，或许，我的双脚不能完全坚实地踩在大地上，否则他人的普通疼痛，于我已深入骨髓，反倒受其所伤，有碍前行。

直到在新教育里自我教育，我成为新的我。

从纯粹的摇旗呐喊，到短短两个月就辞去新教育基金会副秘书长，再到迄今一年半的新教育种子计划公益项目，如今更多了这起步就声势浩大，一路却是摸爬滚打跌跌撞撞的新教育亲子共读研究中心、萤火虫亲子共读公益项目——是生活，而不是书本，让我终于明白自己的谬误。

柔不可守。柔而韧，方才绵长。所有的路，都是心路。没有淋漓地流淌过鲜血的双脚，就无法拥有浩瀚而奔涌不息的心海。如此，尽己所能，做一个行吟的歌者。

于是，我自命为日益从容。

我不再听到孩子齐声晨诵就会浑身发抖，我不再听到老师讲述教育经历就会泪水夺眶而出，我渐渐学会了走进教室、而不是从演讲中感受老师，我渐渐学会了私下交流、而不是从演出节目里观察孩子。甚至对于课堂，在偷师李镇西老师而模仿着上了公开课后、在罕台深受濡染教诲揣摩半年后，我也日渐挑剔。

悄然间有了这些改变，我却依然如往日一般，继续以傻笑沉默。这傻笑，却不再是因我心中全然混沌，只是因为学而知不足，当我发现自己对教学的理解已有进步，就同时发现在太多新教育老师面前，更是称得上真傻；也是因为精力有限，若是有心笑我傻者，我又何必费心解释……

就这么自鸣得意地自以为从容，如今才发现，一切从容，只因我没有再来北川。

2012 年 4 月 24 日，北川开放周开幕，全天活动安排在永昌小学。

观看图书角时，我仔细看的不是以"德艺永昌"的校训四个大字做成的别具创意的自由取阅书架，而是留意书的品种与成色、有无被翻阅的新旧痕迹。

走进新教育成果陈列室，我不是扑到一堆资料前蜻蜓点水，而是从孩子的作业堆里，刻意从中间取出一本，慢慢从头翻到尾，看看是临时补写，还是平日积累。

只看这一点点。

正如朱老师曾说"一个新教育实验区只要有一个人被点燃、被改变，这个实验区的存在就有意义"一样，我在新教育里行走越久，越知一线艰难，所以，对于任何一所学校，我都向往纯粹与理想，却不奢求纯粹与理想，只求行动、正在路上。

这样认真看过永昌小学的细节，确信了眼前这些不是赶工炮制的材料，而是日积月累的真实，我就松了口气，安心进了会场。

是普通的学校会场，不简陋，也没有特别华丽。只是坐在这个会场里，但凡闪念想到自己坐在北川，想到这新校之前的模样，总是有点恍惚。

在这样的恍惚中，听到北川新教育人的介绍，我这才第一次知道，原来新教育的卢志文老师、许新海老师，也曾亲临北川。此前，从未听说过。也不知道我未听说的，还有多少。

也是在这样短暂却从未停止的恍惚中，我将迎来自己在北川的讲演。

我不断提醒自己：冷静。

还好。

尽管当日修改到凌晨三点的极简PPT，当播放到"中国，汶川地震。民房未倒、校舍杀人"的照片时，我失神地比其他照片多停顿了几秒钟，最终按下鼠标的手直哆嗦；尽管演讲中数次泪水涌上，最后一句话时终于略有哽咽，但毕竟情感尚未泛滥。

在北川，我尤其不愿、不能泛滥情感，以免冲垮理智的堤坝。

因为，北川是当下中国的象征，具体而微。

从一片废墟里重建，巨额的拨款、浩瀚的捐赠，曾经的贫瘠而失语，其后的物质上突然富足，如今精神上是否能同步涅槃？

北川，也是一块试金石，是对国人不动声色的心灵试炼。

我们不得不承认，爱与爱不一样。有的爱，即使真挚，仍然脆薄。热血之下倾其所有地捧出一片泪与爱的汪洋，是感人的，却也容易。平静之后，尤其在得知不尽如人意的种种真相后、在巨大的失望后，能否从绝望处诞生希望，滴水穿石地坚持？这种力量，微弱有如一息，却如呼吸般持久，此生在，即永恒。

这些年间，虽然未到北川，却一直关注它的消息。尤其是知道，地震前后，有的真实故事其实是虚假宣传；有的人逃过了地震，却没有逃过心魔。于是，有的人满怀热情而来，又义愤填膺地离开；有的人从满怀理想的热切，变为日复一日的虚无；有的人从未来过，却千山万水遥相惦念；有的人此前一直安定在此，此后离别故园……

而走进新教育后，我更知道，有一种人，叫新教育人。他们来过，哭过，也笑过，最后也离开，却从此将这里，视为再铸灵魂的殿堂，迢迢长路，阻隔了脚步，却无法阻隔向往。他们在这里播下新教育的种子，也是在心底深埋了愿望，那是承诺，自有分量。

直至2009年才接触新教育的我、就在2010年还为自己算不算新教育人而纠结的我、直到 2011 年夏天发誓重新全力写作的我，这样一路走来的我，何曾想过，在这 2012 年，自己会以专职新教育人的身份，作为所谓专家被请上主席台？

过往一梦。不知喜悲。在北川的会场，我眼巴巴地看着台下 200 余位师友，只恨不能如以往一般在人群中嬉笑打闹。可我知道，今天的我，在其他地方可以身在台上照样假不正经，眼下却必须有在台上的样子，因为，这里是北川。

可是，这里是北川……

下午永昌小学的展示活动，我成为台下第一排的观众。从十几个女孩的合唱开场。

初见盛装的孩子们走到门口，我还很镇定。我立刻就想起了曾经来过此地的新教育研究中心的成员，甚至是在偷笑着想：那些极其可爱有时讨厌的家伙们在这里，说不定还是会心里感动异常，嘴里偏偏嘀咕着这样不好、那样不够的吧。

却没想到，我的泪水就在几秒钟后，从孩子们尚未登台前已经开始。

眼前十几个或大或小的孩子，或是穿着柔白如梦的纱裙，或是穿着简洁雪白的校服，静静地站在门口，站在距离我几米之处。我细细地看着她们，从她们脸上，完全看不出丝毫演出前的紧张。她们就那么静静地站着，身躯小小，却也笔直，如松，如峰。

而我立即想到仅在数年前，这些柔软的身体，也经历过那次剧烈的震荡，这些鲜嫩的灵魂，或许迄今还留着那次的创伤……我不由得眼眶发热。孩子啊，这些花骨朵儿般的女孩儿，你们美得让人悲伤！

这群孩子中，有个女孩儿尤其醒目。她不过站在第二排，和其他孩子一样的明眸皓齿，穿着也和其他孩子没有两样。只是她杏仁儿般的眼睛大大地睁着，黑亮的眼珠发着莹润的光，然后，她一直在微笑，当一次微笑渐渐淡下来，就继续开始下一次微笑……

看着她的笑容，我蓦然想到的竟是来北川的第一晚，被邀到酒席上唱羌歌的两位羌族姑娘。

那是两个正值妙龄的少女。饱满红润的面颊，有如汁水丰美的果。她们落落大方地朗声放歌，歌声清澈透亮。席间陡然安静。

歌声里，我看着邀来两位歌者的徐正富校长。

这位同是羌族的徐校长，有一双忧伤的眼睛，笑起来总有点羞怯似的。没有人能看出，这样一个男人，在那灾难中、在北川县曲山小学邓富强老师的笔下，有着另外一副模样：

"……就在这时我听见一个熟悉的声音在喊：'是男人的就去救学生！'原来是我们的老校长徐正富，现在在进修学校当校长。他头上用毛巾包着，脸上到处都是血，直奔教学楼……这时候大约是下午5点多了，我们把学生刚安排好，又看见徐校长气喘吁吁地跑了过来，叫我去救人……"

他不是媒体里的英雄，他是我们普通人的英雄。他就在我面前。他是我生命中真切遇见的英雄。

而他，经历那一切后，接着以新教育为其使命。此时此刻，他却浑然忘了一切，忘了灾难，忘了使命，只是微笑看着两位歌者，平静的笑容里，有着淡淡的自豪。他只是倾听着那悠扬的羌族祝酒歌，再一次聆听这大地上流传已久的歌声。

谁能描绘英雄的模样？也许，倾最伟大画手之一生，也无法办到。也许，只用照一次镜子。只有我们真正脚踏实地地行走，才能发现，这样的英雄一直在我们身边，扎根在我们这个曾经满目疮痍的土地上。

也许，我们都有机会成为这样的英雄，怀着各自生命的隐痛，卑微地生活，直到一次剧烈撞击，粉碎日益冷漠坚硬的外壳，用毛巾草草包裹伤口，在剧烈动荡的时代里奔走，永不停歇。

男人，少女，孩子……一张张脸庞叠加，在我的视线里模糊，不觉间泪水盈然，将这一切温暖。

孩子们终于进场了。音乐声里，老师简要介绍着北川的新教育历程。那是我早在文字里熟悉的过去，此刻，却因为面前这些孩子，有了真实的温度。

一曲完毕，一曲又起，孩子们唱起歌，是新教育人熟悉的那首《向着明亮那方》：

"向着明亮那方。

向着明亮那方。

哪怕一片叶子，

也要向着日光洒下的方向。

灌木丛中的小草啊……"

此时此刻，在北川第一次新教育开放周上，这首歌由一大一小两个孩子领唱。稚嫩童音，不是我们听到 CD 里的标准完美，却因为一丝真实的瑕疵，而比完美更美。

而这样一首熟悉的歌，在北川，每一个字，都有了全新的含义。纵有千言万语，无法形容。

"向着明亮那方。

向着明亮那方。

哪怕烧焦了翅膀，

也要飞向灯火闪烁的方向。

夜里的飞虫啊！"

歌声里，我只觉得大脑一片空白，只剩眼底波涛激荡。我痛哭流涕，完全无法自制。

在我身旁，是我率领的"萤火虫"团队。始终被我取笑为读书太多读到冷漠的李西西，正满脸凝重地拍照。而同为女性的时朝莉也是泪流满面。

"向着明亮那方。

向着明亮那方。

哪怕只是分寸的宽敞，

也要向着阳光照射的方向。

住在都会的孩子们啊！"

那些已永远在大地里沉睡的北川人啊，大地的孩子！你们还能看见，今日北川，已是一座洁净、雅致、不逊于任何城市的小都会吗？

可是，那无声蜿蜒的山脉，那人流稀少的街道，那傍晚就寂静得凝重的气息，甚至我踩过的每一寸今日已经平展如新的北川土地，分明都在呢喃着你们的名字！

4 月 24 日傍晚，北川的某条街道上略有喧嚣，在这俨然全新的北川的某间美丽的大楼里，一位老人跳楼自杀……老人为何如此绝望？因新病，还是旧疾？是因为过于想念 4 年前离去的你们吗？？？

有多久没有为陌生的他者淋漓地哭过？北川，是你，北川。而这所有他者，此刻竟似成为我的一部分。因为此刻，我身在北川。

我们活着，蝇营狗苟，日复一日，逐渐把生命变成生存。只有在这片曾被颠覆过的土地上，那些仓促离去的同胞以最近距离、以万物提醒我们：且行，且惜！

汹涌的泪水里，孩子们唱完了歌。她们将自己佩带的花环，献给我们这些匆匆过客，敬重地为我们戴上。

　　这个小小而圣洁的仪式，让我失神打翻了桌上的水瓶而毫无所知，任半瓶水泼了一身。

　　行文至此，我仍能看见桌上被我特意拿回的花环。缺少泥土的滋养，这荣誉的花环委顿不堪，一日已过尽一生。

　　即便如此，这一日的荣誉，又岂能属于我？因为这花环，我哭得更加肆意——真正应该接受这花环的人们、我的师友们啊，迄今仍在忍受荆棘……

　　我亲爱的孩子们，北川的孩子们。如果我也和你们一样，拥有美妙的声音，我要走上前，用最婉转坚定的嗓音，为你们歌唱——

　　　　向着明亮那方。
　　　　向着明亮那方。
　　　　哪怕心碎而魂伤，
　　　　也要奔往群星所在的方向。
　　　　人类的北川啊！

　　今天，共同牵手，今世，永远相伴，好吗？
　　——永昌小学何文轲校长在他的新教育实验成果汇报开头，大声问道。

　　回答他的，是雷鸣般的掌声，全天最热烈的掌声。

　　其后，我拿到何校长的演讲稿，打印稿上又有诸多手写修订的痕迹。这开头的一句本是"今天牵手，今世相伴"，然后，再被他亲笔重重加上"共同""永远"两个词。拳拳此心，让人动容……

　　其实我与他交往不多，只知我一到北川，他就笑迎上前，热情邀我在开放周期间为该校的学生父母做亲子共读报告；只听他感恩地说起永昌小学的幸运，说起当年的新教育研究中心就驻扎在这所小学；只见他是个笑容坦荡、目光明亮、鞠躬真挚、言谈掷地有声的汉子……其实，我不知他到底是谁，我只信，震后的北川丛林，龙虎定已渐次苏醒。

　　在连续两天的失眠里、痛哭到头痛欲裂导致的逃课之后、在从此心生畏惧而只敢自闭于宾馆不愿出门的北川新教育开放周第3天，我一次又一次返回两个月前干老师对我说出那句"可我实在不能去了"的情境中。

我还记得，当时他似乎担心我不肯去，还特意说："我知道你们中心经费不宽裕，我现在虽然也为难，毕竟比你要好一些。你带团队一起去，我给你们出费用。没事的，新教育本来就是一家人。"

为此，我来北川前和徐校长联络时，还和他费了好一番口舌，最终仍是徐校长坚持："我们是我们的心意。"

这番心意，受之有愧。可北川人俨然已将来到这里的所有人，都视为恩人。24日晚，北川教育局特意设宴款待参加活动的所有同仁，王局长的致辞，也是说的"心意"二字。

于我而言，这是我参加新教育活动中，表现最差的一次。可是，又忍不住深深期待，期待某日与那些曾经奋战在这里的新教育师友们同返。

身为写作者，关在屋里闭门造车时，我常感自身之强大，简直所向披靡。走出门去，走在这广袤的大地上，每每痛察自身之局限、个体之微渺。如新教育人所说：一个人能走得更快，一群人能走得更远。在为"今天，共同牵手，今世，永远相伴"而响起的掌声里，也有我的一点声响。

在这最终情感泛滥的北川，我清楚记得在我题为《童言无忌——也谈儿童与阅读》的报告里，最后那让我失态哽咽的一句。我说的是："这里不是别处，是北川。在北川，我们应该更明白，生命的意义。"

人生长长短短，总会历经大小震荡。每个人心中，都应该有一个北川。强烈震荡，粉碎自我，死，而后生。重生，而永生。

谨以此文献给北川。献给北川新教育人。献给大江南北与我一路相伴、给我提携指点的新教育师友。特别献给徐正富老师。

北川，我08年溃退、12年逃课的北川。愿我能有所能，与你相伴成长。

若生命仅如萤火，注定无法互相温暖，也要倾己全力，彼此照亮。

2012年4月25日于北京

题记

文学，有如生活在天空。闲云野鹤，天马行空，独来独往。

教育，却需要脚踏实地，尤其痛苦的是需要与人打交道。

这是我最艰难的一年。

按照担任两年义工的承诺，这应该是我离开教育的一年。这一年的开端，我停了微博，表示对世界关上心门，决意时间一到就彻底离开。

然而，诸多阴错阳差。

尤其是那因追随我而辞职的朋友，我把她派往其他机构协助大局工作，一方面我在无穷的事务中沦陷，另一方面无法扔下朋友……

苦苦挣扎中，遭遇科扎克。

科扎克的三本书，读之如见故人——精神超越时空，缘分真奇妙。

雅努什·科扎克(Janusz Korczak)，富有创造力的教育家、儿童文学作家、医生、记者、社会活动家，更是一个超越了国界的、真正的人。他曾宣称：自己这辈子既是波兰人，也是犹太人。为了陪伴近 200 名孤儿，一再放弃重获新生的机会，直至生命尽头，于 1942 年 8 月 5 日或 6 日死于德国纳粹集中营。

9 月 10 日，我在波兰驻华大使馆参加了雅努什·科扎克的新书发布会。

到了会场，才知道我是有发言任务的嘉宾，这一篇，就是我稀里糊涂做的现场发言。虽然临场发挥脑子混乱，倒是更见真诚。

想来真的非常惭愧：那么多人都是绘制了理论建设的宏伟蓝图，再来付诸行动。我呢？截然相反。所以一路跌跌撞撞。

因此我才一直强调：我做到的任何事，任何人都能做到——只要愿意。

自由选择，自我承担。

我们都有机会做一个真正的人。

只要愿意，只需成长。

《众生》 童喜喜摄于香港

今天在这里发言，纯粹是个意外。在不久前的 8 月 19 日，我得到了长这么大以来最重的一句表扬，就是新京报的编辑朱桂英老师告诉我："默默认为，你是写科扎克的最佳作者。"她邀请我写一篇书评，因此我才得以走进科扎克的书，才走到这里。

刚才听了本书编辑朱策英和翻译魏荣梅两位老师的讲话，尽管他们说的信息我此前从书上和网上也了解过一些，但心里还是很感慨。

我要反对刚才一位老师说的一句话，他说："中国人普遍缺少一种精神，尤其是现在。"我非常反对这句话，因为这种精神现在就有。很显然，出版这套书的过程中发生的故事，就体现了这种精神。我也想说，坐在你面前的我，等会也会向你体现出这种精神。

我们真正缺少的是什么呢？真正缺少的是相信，相信这种精神的存在。

在座的各位，这种精神，也就是科扎克故事里告诉我们的意义，它其实在每个人的生命中都有。只不过有的人多，有的人少。即使有的人少，也不能完全怪自己，而是种种机缘巧合导致的。

围绕科扎克有很多相关的词语，朱策英老师刚才介绍了很多，有一个没有介绍，那么我就来介绍一下，这也是我坐在这里的原因。我在波兰使馆的网页上看到介绍科扎克的一句话，我来念一下："科扎克在早期就关注与培养儿童相关的事情，并受到新教育理论和实践的影响。"

新教育，是一百多年前从欧洲发源的一个教育改革改良的行动。我在这里，除了儿童文学作家的身份，还有一个身份就是新教育新父母研究所的所长。我为什么要反对刚才的那句话呢？因为新教育的精神从百年之前、从欧洲、从科扎克那里，到今天，就在中国大陆，就在我们的身边，哪怕就在北京，也存在着。

《重返十岁》这本书里有个细节：作者幻想有一所学校，非常美好，学生们都喜欢，放假了孩子们都舍不得回家，都说，"老师，不要放学，不要回家，让我在这里再待一会儿吧！"书里作者对孩子们说，"不行，老师累坏了，你们在这里的话，老师会对你们很凶的！"于是，学生们只好很不情愿地回到家里去。

这个幻想的细节，在现实中就在真实地发生着。那个地方我去了无数次，最长一次是近半年的时间我都一直待在那里。那是内蒙古的一所新教育实验小学。在那大漠中的一个小镇上的一所新教育实验学校里，那里的孩子很喜欢对老师说："你再考我一次吧！"因为只要他们改正了错误，最后都能得到 100 分。那里的孩子到了周末，的的确确不愿回家。

所以我想说，有一种美好的精神，从当年到现在，无论是在波兰还是在中国，它一直存在着。

我看这套书的时候，是从《孩子王》看起的。当我看到下面这段编者的话时，顷刻之间我就流泪了："二战结束后，波兰和以色列都宣布科扎克为本国国民，并在断绝外交关系的情况下，出席对方举办的科扎克庆典。"当时，我想起了美国学者史密斯的一句话："万国之上，犹有人类在。"我在对老师做讲座时，曾把这句话扩充为好几句：教育之中，犹有我在；成人之上，犹有孩童在。科扎克就是这样一个超越了国界的、真正的人。

特别高兴有这样巧合的机缘，参加这套书的发布会。很多时候，一本书的出版仅仅是为了传播知识。但是，还有一些更美好的书，它们是像生命一样的存在，让我们互相点燃，互相遭遇，并且互相影响。这个影响本身就是一种教育，一种大的教育、新的教育。所以我特别期待这套书能够继续出下去，让科扎克更多的事情能够被更多中国人知道。

与此同时呢，我也特别希望在座的诸位，能让更多人知道在中国也有科扎克这样的人。每个人心中都有这样的火焰，只是你自己不知道而已——希望借助在座各位的笔，把这些传播出去。

最后，我要向大家介绍一下这套书中三本书的不同之处：

我特别推荐在座的诸位在生孩子之前看一看《重返十岁》，这本书中使用了成人和儿童的两种视角对同一件事情发表评论，会大大地帮助读者理解成人和儿童的不同。而且毕竟是童书嘛，有趣味，阅读障碍也很小。对年轻的父母、准父母会很合适。

《小国王》呢，类似于《哈利·波特》的探险、冒险故事，可以直接丢给孩子看，孩子很容易进入故事。当然，如果是师生共读，也能在沟通交流中有更多收获。

《孩子王》是科扎克的传记，可能更适合教育界的同仁们。起码，我会向我做的新教育种子教师计划公益项目里的种子教师们推荐这本书。这本书从某种意义上来说，揭示的是石墨和钻石的区别：人和人本身一样，但是，因为个人的经历和周围的境遇不一样，科扎克成为一颗钻石。

尽管我们可能终其一生也只是石墨，但是我们完全可以通过阅读这些书，感受钻石的璀璨光芒，从而对我们自己作为一个生命的存在，多一些信心。这就是我非常热切地向大家推荐这些书的原因。

2013 年 9 月 10 日于北京

题记：

　　乡村阅读的残酷现状，让我郁结已久。没想到，公益行活动得到二十一世纪出版社张秋林社长的大力支持。出版社不仅为我支付了公益行期间所有的差旅费用，而且为每所乡村小学捐赠了价值 10 万元、共计 1000 万元的优质童书。

　　2015 年 4 月 25 日，我完成此文，那是在"新孩子"乡村阅读公益行第一阶段工作即将结束之际。《读写月报·新教育》杂志对此事做了一期专题报道。我以此文对活动进行了回顾。

　　"新孩子"乡村阅读公益行的项目计划分为两个阶段。第一阶段，我免费为 100 所乡村学校讲座，传播阅读理念；第二阶段，我带领团队免费为这些学校跟踪服务，指导阅读方法，希望培养出当地的阅读推广人。

　　在第一阶段中，我为生活在中国大陆所有省市自治区的 100 所乡村学校的学生父母和教师，做了 196 场免费讲座，历时 8 个月，行程长度可以绕地球近 4 圈，直接听众约71940 人。

　　为了如期完成计划，我只身一人，经常 1 天奔赴 3 地、做 2 场活动、演讲 5 个小时，也经常飞机转火车、转汽车，10 几小时抵达一处乡村。我付出的代价是：平均每天睡眠时间只有 5 个多小时，前 52 场讲座时腰伤严重，后 48 场讲座时再加上免疫力下降，导致后半程一路感冒、腹泻、咳嗽、咽炎、支气管炎……

《在大山的怀抱里》 童喜喜摄于重庆

缘起

2013 年 10 月 9 日，在商量我沉淀 5 年后的儿童文学新作"新孩子系列"之《新教育的一年级》童书出版的邮件里，我给编辑写到了一件事：

> 我准备在明年进行一个活动。
>
> 名称："新孩子"百所乡村学校公益行。
>
> 内容：第一，由我到学校开展阅读公益讲座；第二，由我带领团队提供后续的教育公益服务。
>
> 要求：乡村学校的校长填写申请表格邀请。项目组审核通过即可。
>
> 规模：100 所。
>
> 目标：以推动阅读为手段，以公益的形式，通过讲座点燃、团队跟踪服务的方式，助推乡村教育发展。以活动促进家校之间的互动，帮助学校成为乡村的文化中心，从这样的点滴行动开始，通过长期关注与联络，以求逐渐改变乡村的文化。
>
> …………

城市和乡村学校的教学情况和教学水平，悬殊的确太大。好的极好，差的极差。有很多图书资源，表面上是流向了乡村，但其实毫无价值，因为乡村里缺少真正懂书、爱书、推动阅读的人。很多学校里，又有一筹莫展的有心人苦恼着，想推动阅读，却老是疲于奔命不知如何开展，学生父母又缺乏基本教育常识而反对课外阅读，最后被毁掉的还是孩子。

尤其是那些非江浙的经济欠发达地区，真的是令人扼腕。

如果二十一世纪出版社能够一起来做这个活动，我希望能够一起探讨，如何把这个活动做得更纯粹也更丰富。我把自己视为二十一世纪出版社的一员，在公益行动、阅读推广上进行一次探索，是想一起用心地合作，认认真真、仔仔细细地做一件事情，而不仅是做一个宣传。

6 天后的 10 月 15 日，我接到了回复的邮件："公益活动我们大力支持，您列的费用情况没有问题，所需要的资助我们也尽量帮忙。另张社长说我们社可以给每所学校捐助 10 万码洋的图书，共 1000 万码洋，也算是支持您的公益行。"

回复我的人，就是我新书的策划编辑、二十一世纪出版社副社长林云老师。

就这样，"新孩子"乡村阅读公益行计划正式启动了。

后来，我在做题为《共读共行新孩子》的系列乡村公益讲座结尾时，都会对所有听众说这样一段话——

我写了一套名为《新教育的一年级》的书，这套书出版时，我捐赠 50% 稿费，出版社捐赠 50% 利润。我一高兴，就对出版社说，我一直想去乡村推动阅读，想做一个这样的公益活动。结果，这个二十一世纪出版社的社长张秋林先生，派出版社里的编辑，也就是我的责任编辑来找我，说：童喜喜，我们支持你乡村公益行的所有费用，并且，我们为每个乡村捐赠 10 万元的图书。这就是这样一场全国大型公益活动的缘起。你们能够相信吗？在此之前我只跟张社长见过两次面，而且都是在饭桌上见到的，两次见面加在一起说话不超过十句。如果你们在媒体上看到这些，肯定不会相信。但是，我此刻站在你们面前，我要告诉你们：这一切，是真的。

之所以要坚持诉说这些，固然是我心中充满着对以张秋林先生为代表的那些幕后付出者的感激，希望听众感受到还有无数心怀温暖的人在惦记着他们，更重要的是，这两年来我异常真切地感受到：每一点真实的美好，都是一份饱满的希望。它最重要的价值是不仅温暖现在，还同样坚定地指向未来。

绝望，是乡村真正的死亡。如果一群又一群人离井背乡，宁肯在城市里无法扎根地长久漂泊，也不愿回到乡村，这意味着的是人们对乡村未来的绝望。

人类从森林走进乡村，从乡村迈入城市，又在信息时代遇到了不同的局面——网络正在越来越有力地消弭着地理上的距离。那么，人类的下一步发展之路，究竟会让乡村变为如今的城市，还是让乡村变为更美好的乡村？

一切尚在博弈中。

人不是神，没有任何一个人确切知晓明天。甚至于面对这样的繁复与庞大，还没有历史的石头能够供如今的人们摸着过河。

但是，我们起码可以保有对未来的希望。

阅读正是廉价又高质地把希望变为现实的最好方式。

遭遇

后来，人们发现这一次的"新孩子"乡村阅读公益行活动，是我只身一人前往的时候，纷纷表示奇怪，甚至需要用震惊来形容。

在旁观者的奇怪与震惊中，我才逐渐明白旁人的想象：这样的一路、这样的我，应该会有助理陪我一起。

否则，一个人长期出差，拖着行李赶路已经很辛苦；每一场活动我要对学生父母、教师进行起码两个小时的讲座；况且，为了赶时间，很多时候一天安排两所学校，这意味着我一天中仅仅讲座就要讲近 5 个小时；更别提我一度腰伤严重，坐立两难，热水袋不离身……这样的工作，我怎么可能一个人完成呢？

我偏偏就这样只身一人，走了这一路。

我从没把自己视为需要帮助的人。恰恰相反，几乎一直都是我去帮助其他人。所以我从来没想过，自己还可以有助理。

活动真正开始，我很快尝到了体力极度透支的苦头，尤其是腰伤严重的 10 月、11 月、12 月那三个月，实在难受。那时我曾经考虑过助理的问题。因为我发现我所花的费用比给出版社的预算要少得多，甚至可能会少一半。可我想来想去，最后还是没敢提出这样的要求：我自己花钱是一回事，我明目张胆地增加助理所需的钱是另一回事。万一，出版社不高兴了，不愿意捐赠图书，那我怎么办？那我到处承诺过的，岂不是变成骗人了吗！就这样以小人之心度君子之腹地思来想去，我还是决定自己忍一忍、撑一撑，努力挺过去。

就这样，我也以为我一个人会撑不住。可是，一次又一次地使劲撑一撑，就真的这么一个人走下来了。

但我其实也不是一个人。

先后有 19 人加入"新孩子"乡村阅读公益行项目组，承担了一系列事务：对申报项目的学校进行审核，对活动行程进行考察，对活动安排进行协调，对参与讲座的听众进行访谈，对活动资料进行收集整理，对出版社赠书工作进行联络确认……19 人，全是义工。

如果不是有项目组的这些伙伴，活动根本无法开展。

在我去过的多数乡村学校中，有的是我此前曾经去过的，有的还是完全陌生的；在我见到的人中，有的是我交往多年的老友，更多的是我初次谋面的新朋，可他们都给了我一份最为真挚炽热的喜爱。我不能用"喜欢"，而只能用"喜爱"形容这些人对我的情意。他们待我，竟如久别归家的游子。

如果不是能在活动中见到这样的新朋老友，以我的性格，绝不可能坚持做完公益行。"新孩子"乡村阅读公益行项目最大的特色与亮点，不是我的 100 场讲座，而是团队跟进的 3 年服务。我会带领义工团队，在讲座以后的 3 年中持续跟进，与学校一起努力，把老师培养为具有专业水准的阅读推广人，从而让学校书香弥漫，进而成为当地具有影响力的文化中心，辐射周边学校甚至地区。

如果没有伙伴们，我根本不会组织这场声势浩大的活动。我可没兴趣像大风一样把 100 粒种子刮到山坡上，然后就人种天收，在干旱、洪涝、虫害、鸟啄等危险里成长。正是因为公益行之前就有了成熟的团队，我才摩拳擦掌，要对种子进行滴灌，旱涝保丰收。

萤火虽微，却是生命之光。我和我的伙伴们，都深信心为火种，都希望努力、尽力帮到更多人，使他们的人生绽放应有的光芒。

当然，哪怕有这一切，事情仍然没有想象中那么容易。

征途

按照项目计划，我将在一年365天之内，走进100所乡村学校，平均每3天就要走完一所学校。

事实却是"三不办"：寒暑假、国庆中秋等法定节假日，活动不能办；天气冷，活动也无法举办；因为乡村条件有限，活动很少在室内办，一般都在室外的操场上进行。

除此之外，还有一些我必须参加的活动，也在鲸吞蚕食着我的时间。

为了能够按照计划，在一年之内完成公益行，我发了疯一般拼命往前赶时间。

很多日子，我是这样度过的：一天之中，早晨在一座城市，上午讲完；中午坐车去第二座城市；下午讲完；晚上再坐车去第三座城市准备第二天的讲座。

这样的日子累固然累，可累得见成绩，剩余的学校在一所所飞快地减少，还算是幸运的。又累又难的，是那些偏僻的地方，在坐飞机到达城市后，还需要坐汽车近十小时，甚至十几小时，才能赶往一所学校。讲完一场，再千山万水地返回。

我最深切的体会是：中国真大。真的太大了。

我更真切的体会是：公益行是一面镜子。所照出的，不仅有地理上的远近，还有阅读现状的奇观，更有微妙的世态人心。

有一所学校，在批准成为项目学校之后联系组织活动时，对方说：校长换了，不再做这个活动了。

有一所学校，校长在联络中一直没有回过项目组的短信，打两次电话都不接，第三次打通了，对方说：近期不打算搞这样的活动了，就把电话挂了。

有一所学校，由一位教育局的局长推荐参加本次活动。学校看过我们发去的活动信息后，偷偷联系我们说，他们的校长是轮换制，现任校长再做一年就要调离，担心今后活动做得不好被曝光，决定不参加活动。

有一所学校，全校学生不到700人，只安排200位一年级学生父母在阶梯教室听讲座。项目组提出，希望全校学生父母都参加讲座，以便尽可能扩大影响。对方问：你们想让全校都参加，除了扩大影响，是不是有什么其他目的？

有一所学校，等我们的活动全部安排完毕，校长的态度突然从支持活动变成不愿参加，又变成要我们继续举办活动。因为推荐人就在该校任教，考虑到保护推荐人，我还是照常去了。我希望我的行动能够影响到这位校长，我甚至很自信：他听过我的讲座就肯定会改变；哪怕只是见到我，也会有所不同。那一次，我凌晨两点赶到当地，上午8点到11点举办活动，12点午餐后离开。活动开始，我才知道自己的想法有多蠢：不仅学校邀请的听众非常少，而且自始至终我就没有见到这位校长。活动结束，我听到该校的两位老师闲聊，其中一位说：校长上午来学校了，在办公室坐了一会儿，走了。

有一所学校的一位校友向母校的校长推荐了这个活动，校长也拒绝了，理由是：怕遭骗子骗……

更别提在活动的各个环节，各种人等所呈现的人性幽微处。

和越多的人交往，就意味着直面人性的复杂，就越有可能受到伤害。

尤其是：我特别、特别、特别害怕见到陌生人——这一点，从未改变过。

是这个性格，导致我从2003年出版第一部作品到2008年的五年间，拒绝接触任何外人，更拒绝所有媒体采访，完全"隐形"。

只是，我并不把是否第一次相见，作为判断熟悉与陌生的唯一标准。当我感觉到与对方心灵之间没有距离，我就会瞬间亲近甚至亲昵起来。

因此，见到陌生人，尤其是与陌生人近距离接触，对我来说是一种非常大的挑战。比如，我曾与另外两人同处一车，听到两人"旁若无我"地大声交谈："她就是那个、那个叫什么的作家吗？""对，好像姓童。"这样的时刻，我想，换了别人也许不会有什么问题，但我真的感觉特别痛苦，真的是难受至极。类似的时刻，我就会在内心分裂为两个我：一个痛骂自己太矫情，另一个极度渴望跳车离开。

我太累了。真的太累了。

好几次，我哭着走出家门，不停地说"我不想出差"，不停地擦着眼泪，一张脸因为睡眠太少哭泣太多而变肿，就那样走上征途。

现在想来，最让我自豪的是：在任何时刻，哪怕是在我抱怨的时刻，我从来都没有想过中断这场活动。

"新孩子"乡村阅读公益行已经成为一个链条，我只是其中一环。太多人，都为这件事付出了努力。

"新孩子"乡村阅读公益行，实在太美好。这是一件我承诺过的事。这是我主动承诺的事。

所以，项目可能会遇到各种意外，但无论如何，我绝对不会让美好的链条在我的这一环断裂。

除非我死。

共生

"新孩子"乡村阅读公益行，一半是海水，一半是火焰。

有一次，为了和朋友联络云南省的公益行学校选拔，我写过一封长信，介绍我在两所学校的经历。

那两所学校，我都是第一次去。在那之前，我从来没有见过两所学校的任何人。

第一所学校的吴校长，对我、对我们的团队所作所为如数家珍。去年8月我写的《喜阅读出好孩子——中国孩子的阅读问题》出版后，他给全校老师一人发了一本。

吴校长邀请他的校长朋友一起来听讲座。

最远的是永城县的王校长，他带着十几位老师、开车100多公里前来，并送给我他出版的书和他自印的小册子。那小册子里的最后一篇，居然是他写的一首小诗《写给喜喜》，时间是2011年7月。

最近的是李校长，吴校长告诉我，李校长是附近校长中他最谈得来的。我一见面就发现李校长眼熟，李校长说，她11年就专程到郑州听过我的讲座，这次听说我来就又来了。

第二所学校的李校长邀请了县教育局局长和主任来听讲座。局长在致辞中对新教育表示热烈欢迎。主任听到中途请假走了，局长说：你走，我听完。

后来，李校长告诉我，在他的记忆中，局长是第一次全程参加这样的活动。

李校长一再问我，如何加入新教育？并且在我有联系方式的情况下，又给我一张名片，叮嘱我别忘了给他答复。

后来，李校长对公益行活动留言评价道："不仅是方法的指导、资源的支持，更是理念的提升、激情的点燃。"

在100所公益行学校中，绝大部分活动现场，基本都是这类情况。

我不知道，我的描述能否让人们感受到，我遇到的这些人有多疯狂。

我之所以能够认识他们，是因为他们需要我。

所以，不是我发现了他们，而是他们发现了我。

所以，并不是我点燃这些人，而是这些人的激情在点燃着我。这些人疯狂地热爱阅读、教育。

我正是借由他们这样倾注着热情的信任，借由这种炽热的温暖与滋养，才成为今天的我。

我原本并不是教育中人。是因为遇见这些人，才有了今天的我。

回报给这些人的，是我智商不够、但是足够真诚的投入。

外人知道我捐赠稿费的信息，只是其次，我更大的捐赠是大前天我睡了5个小时、前天我睡了4个小时、昨天我睡了近6个小时——这样的生活，不是这几天，是自从我专职做教育义工之后一直如此，持续4年。

我并不以此为荣。因为我觉得这样的生活是不正常的。我喜欢平常的普通的幸福。

但我也不遗憾。

毕竟，这几年是我成长最快的几年。2011年以前，我每天至少睡9个小时。如今，我看见了此前懒散人生从未见过的风景。

我自豪于再累也没有想过要中断活动，不是我对自己的坚持自豪，而是对我这一路的遭遇自豪。

我有时候忍不住、真的忍不住会想：我何其有幸，与这样的一群人相逢！

越是对世界有着更加深入的了解，越是看见黑暗的一面，我越是忍不住会想：我何其有幸，置身于这样的光明之中！

这才是真正的公益行。

一路的精彩，我的收获，远远地、远远地、远远地超过了我当初的预期。

也是因为这样的相遇，我们公益行的后续跟踪才会取得可能的效果。正如这两所学校的校长不约而同告诉我的：他们对公益行有两个欢迎，一是期待我来讲座，一是期待我们的后期跟踪服务。

我隐去这两所学校的名称，是因为时间与篇幅，都无法让我写出那些所有给我留下烙印的相遇，所有那么多美好的人。

与君初相识，犹如故人归——只能用这句话来形容。

2014 年 12 月 22 日，我走进了第 52 所乡村学校。

那是冬至，是 2014 年的最后一场公益行活动。当地正好连续下霜第 5 天，冷极了。凳子摆在操场上，转眼就是一层冰冷的白霜，学校安排人用抹布擦，擦完之后不一会儿又是一层。

学校正在群山的怀抱之中。矮矮的围墙，听众一半坐围墙内，一半站太阳下。我站在高台上，在楼房的阴影里。恰逢每个月最怕冷的那几天，我加穿了一位老师借给我的毛衣。

还是冷。冷。真冷。

室外活动两个小时下来，我只觉得头盖骨都冻得硬生生地疼，脖子后方又冷又痛又硬。冷得我嘴巴无法正常地张合，演讲中有一阵子说话就像大舌头一样。

是什么驱逐了这样的寒冷呢？

在第52所乡村学校做完活动的当天晚上，我返回了。那天深夜，在机场回家的车上，我收到了一位老师的邮件。她是一位加入了新教育种子计划公益项目的种子教师。正是她向学校推荐了这场活动。

喜喜：

你回北京了，此时此刻，你坐在回北京的飞机上，我就这样坐在电脑前一个人痛哭着，我都不知道自己为什么哭哦？因为我不是想你，也不是舍不得你走。听着《影之翼》的歌，我的心，我的魂不知道在哪。早上，我想好了要说什么，但还是转移了话题，要不然我会像此时一样情不能已。是哦，你希望我离开种子（教师）的队伍，我也想离开哦，我也希望你离开哦。你在想为什么要遇上我们这群人的时候，我也在想我为什么要遇上你，你们哦。如果我被新教育"骗"了很冤，那你就是窦娥哦，我们知道就这样傻傻地、心甘情愿地"被骗"着，我们喜欢就这样"被骗"一生。我们没有豪言壮语，没有伟大的理想，我们也不是为了建功立碑，我们是为啥呀，我们不需要说，我们都懂彼此为了啥，为证明自己的一颗心是跳动的，为了那一双双明亮的眼睛。总得有人去擦星星，不管别人会不会懂，我们种子懂。我的两个义工也懂，她们也是不需要我说"谢谢"的人，她们都知道我们的心，都知道那不是什么伟大的梦想，只是为了一间间教室，一个个孩子。出书，发表文章，对于我们种子来说，我们都不是冲着这个去的，我言说只是为了吸引更多的人加入我们这个队伍。

其实在微博中发的东西，没有矫情，一个学期，我都惦记着这件事，临近的一个星期，心头都压着这件事。校长叫我一遍一遍改，我表面上发牢骚，其实内心是很高兴的。周末的两天，真的就像在等一位恋人，每时每刻都在惦记着，周日那天，都不知道看了多少次时间。想给你挂电话，不舍，因为你讲的话太多了，爱讲的，不爱讲的，都要不停地讲。发短信，也是一种骚扰，因为你每天让大脑空闲的时间没多少。所以在等你时，我拿出手机又放进口袋。想拿着书摇晃着等你，又怕招来异样的眼光，最终着急真的举起书大甩时，你早已走出来了。接到你的电话我一片自责，本应是我挂电话的。

两天时间，一想到见到你的情景，我的泪水就来了，真的见到你了，在自责中，我终于没哭而是笑脸相迎了。

偌大的一个学校，几十个同事，十几二十年的相处，说来真的很奇怪，感情居然抵不上只相见过四次的你，"你信你，就像我信我"，我懂你，就像你懂我，你"骗"了我，就像我"骗"了你。

想着你瘦小的身体没日没夜的东奔西走，我就心疼。你的内心是那么强大，虽然年龄比我小，被鼓励的却是我们。四川那个老师走了，你痛哭；紫藤老师的爱人去世了，你伤心不已。在外人面前夸你有多伟大，多无私，其实在我内心深处，更想说你是多善良。看着你为四川漂流遇难的老师（对不起，我把名字忘了）痛哭，我在心里偷想：要是我死了，喜喜会这样哭吗？我回答自己：会的，一定会的！我把这件事说给了我的家长听，懂我的家长也哭了。他们知道喜喜是个善良的人，在做一件善良的事。

看着你留下的红枣、膏药贴、酸奶，我的泪水不停。此时滑落的泪水，没人能懂，连我自己都不懂。送给你的红菇，是我们这里的补品，要记得吃哦。不许你送人，是因为你吃的时候也会想我的！要不我一个人单相思太不划算了！

信写完了，你快到北京了吧。

冲天

2014 年 12 月 22 日星期一

我用手机在车上看了一遍。

泪流满面。

完全不是甜蜜。而是一种近乎痛恨的心情。

正如她在信里写的那样，在见到她时，我直截了当地说，希望她离开种子教师的队伍。

那是活动结束，她送我返程的路上。她说到一件事，我立即郑重建议她离开新教育种子计划公益项目，向她申明：你当种子教师，对我有什么好处呢？种子教师多，对我有什么好处呢？我有病啊，我要你们留下干什么？每多一个，只是意味着我要多担一分责任。

没想到，她又给我来了这样的一封信。

只有一句话能够形容我的心情：真是活见鬼了！

这种所谓的情谊，它是那么傻乎乎的，直愣愣的，炽热得简直要把人烫伤。

可是我懂。从她信的开头说到的莫名大哭开始，我就懂。我几乎完全可以感同身受。

因为，曾经懵懵懂懂的我，对庞大的新教育、对所有新教育人，就有着她描述的这种感情。完全相同。

我没有想过要一辈子做新教育的义工。

哪怕是做义工，也只是用自己多余的力气来做一些事。没有像我这样，只有 250 斤的力气，一不小心钻到了 1000 斤的担子下。我只能拼命学习拼命成长，试图长出 800 斤的力气来——我想长出超过 1000 斤的力气，不是伟大得想多挑担子，而是希望自己稍微从容一点，不要再过得那么惨。

只是因为遭遇了这样一些人，我越来越明白：我恐怕走不开了。

我可以继续寄希望于他们统统离开我。我却不可能把他们丢到一旁。因为，当我越是发现世界如此残酷时，我越是放心不下啊。

面对现实，我换了一种思路：如果有 1000 斤的担子，我为什么不去长出 2000 斤的力气呢？如果再来了 3000 的担子，我就去长出 4000 斤的力气。

2014 年的最后一场"新孩子"乡村阅读公益行活动，让我明白了一个道理：世界上已经有了那么多丑恶，为什么我们自己要做一些美好的事呢？

因为，只有坚持走在美好的路上，才会跟同样美好的人相遇。

我什么都可以接受，唯一不能接受的，是把我变成我讨厌的那种人。

一个人活着，一定得渐渐变成自己喜欢的那种人才行。

涤荡

"新孩子"乡村阅读公益行的生活，是一道洪流。我在其中被淘洗，被涤荡。

从公益行开始，我就胡吃海塞，长胖了十几斤，就是怕病了撑不住活动期间的劳累。

公益行进入 2015 年，劳累一点都没有减少，而且因为之前的透支，我的抵抗力没那么强大。尽管非常小心地避免生病，但我还是感冒了，一咳嗽就是半个月。

但是，我已经掌握了诀窍：跟世界较劲，平静是最省力的方式。

真病了，就保持平平静静、高高兴兴、老老实实的状态，一所又一所学校继续讲下去……讲啊讲，结果活动也一样做了下来。

公益行开始时，每每想到只有不足 200 天的时间，却要进行 100 场公益行——而且是乡村啊，许多地方都需要赶很久的路——我就只觉得百爪挠心。

还记得 2014 年 10 月 17 日，一位朋友突然发给我一条消息，我一看是某台湾作家在大陆进行全国巡回演讲，立刻怀着"哎呀，这个倒霉蛋儿跟我一样全国巡回"的高兴心情，点开了链接。结果我看见这个活动的安排是：一周之内去 6 个省会城市。我恼羞成怒，气得都没有回复这位朋友。迄今我仍然不知道她为什么发给我这条消息。

我的确很生气。我对自己太生气了。我觉得我实在太蠢了。

全国活动就全国活动，我为什么要定为 100 所学校呢？我可以把活动定为 10 所学校啊。我为什么要定为全部是乡村学校呢？我可以把 50 所学校放在城市里啊。反正城里也有很多学校缺少优秀童书，更缺乏好的阅读方法指导啊，选择城市学校，不仅我往返方便，而且还能顺便做做我的新书宣传。公益行恰好和我的新书出版同时进行，我的责任编辑蓓蓓姑娘痛苦极了，因为我完全没有时间做宣传活动。我为什么不把 100 所学校变成 10 种活动呢？媒体都需要新鲜的活动吸引眼球，这样不是有很多新闻可报道吗？

总之，我越来越不明白，为什么我就定了 100 场。

一直到 4 月的一天，正在活动期间，我的脑海里突然冒出一个词：百炼成钢。

当时只觉得脑子里轰隆一声巨响。

还记得，2011 年 12 月，我走进一位新教育种子教师的教室。她的学校位于城乡结合部，班上的孩子多是民工子弟。我看她上课，我和孩子交流，我给孩子们也上了一堂课……事后，我写过一句话：这两年，我亲眼见过这样的一大批老师，因此，总能从绝望处诞生希望。

或许，真正的希望，必须从绝望处才能诞生。

今天的乡村，从物质到精神，哪怕是那一片白茫茫的大地，我们可以把它视为结束，也可以把它变为新的开始。

因此，只有一次又一次的冰冷，再一次又一次的火热，淬炼着100所学校，百炼成钢。

累得直哭的那一段时间，我曾经反复问自己：如果现在让我重新决定，我还会做这样的乡村活动吗？

现在我可以肯定：会。

如果说，对家境富足的城市孩子而言，阅读是不可或缺的学习工具，那么对乡村孩子而言，阅读是唯一可能的救命稻草。

所以，我现在有了经验，今后再做此类活动，我会做得更好。

但这篇文章，我却写得格外艰难。

不仅因为我当时正处在公益行期间，精力不济，最主要的原因是：这的确是件浩大的工程，挂一漏万，让人难于描述。

真相如水。当置身水中，你无法描述水的形状。当你在一边旁观，你以为看到了整体，但你所能看见的，与其说是水的形状，与其说是真相，不如说是容器——你的心的形状。

对这场我自己无法描述的公益活动，我就以一个科普知识，来澄清一些误会，结束本文吧。

这一年来，之所以我总是穿着白裙子、白毛衣、白羽绒服等白色的衣服走过这一路，唯一的原因是：我猜到公益行期间，我肯定会没有时间打扮，而且又忙又累，肯定会比平时丑很多，如何尽力挽救活动中必然出现的大量拍照？我果断选择了白色。因为，所有白色事物，都会在相机镜头里形成漫反射，照出来的脸色会好看得多。

——我就是这样一个极其平常的普通女子而已。

我能做的，我们做的，你都行。

只要你愿意。

题记

应《教师博览》杂志之邀，我写下这篇卷首语。与其说写是给老师，不如说是写给自己。

古斯塔夫·勒庞在《乌合之众》一书中指出，群体智商低于个体智商。但是，2010 年 11 月 29 日，朱永新老师和我商议、启动的新教育种子计划项目，却是一个以群体力量促进每位个体成长的梦想。

在追逐这一梦想的过程中，我结识了无数鲜活的生命，更遭遇了无数挫折。正是这些，让我对个体生命的成长，无论是作为学生的儿童、还是作为老师或父母的成人，有了远超过往的体会、感悟——我，得到了最大的成长。

就像这一年中，我为我们团队举办的"萤火虫之夏 (2015) 暨全国种子教师研训营"活动，写下了万余字长文进行反思。我的心，一直如同长文标题那样：我只是来爱你的。

我想种出一片教育的红杉林。

我相信，这样的林中，必然有更为丰美的万物，蓬勃生长。

拾叁 扎根 2015 寻找生命的红杉林

《金翅金刺》 童喜喜摄于澳门

一个人该如何成长？

说到学生，老师们都会头头是道地谈出许多规律；说到自己，许多老师脱口说出的却是理由，或是学习基础差，或是现在年纪大，或是工作任务重，或是家庭事务多，等等，归根结底一句话：我不行。这些自称"我不行"的老师，认为自己不行而丧失行动的勇气，当不再行动时，就真的不行，越来越不行了。

一个老师该如何成长？

的确，成长受制于环境。外在而言的各种机遇和内在而言的自身努力，共同造成了今天的环境。当老师走上工作岗位，基础差、年纪大、工作重、事务多等不利于成长的因素，都是事实。但"少壮不努力，老大徒伤悲"的古训，只能成为对孩子的警醒励志之语，而不能充当成年人放弃成长的理由。

成年人的成长，受环境的局限太大，作为教师也不例外。寻找到成年人成长的规律，探索出成年人成长的捷径，至关重要。

就像北美红杉一样。

北美红杉是浅根系植物，按照常理来说，越高的树需要扎越深的根，否则，木秀于林风必摧之，越高的树就越容易被大风连根拔起。

可北美红杉有个最大的特点：它们都是成群结队地并肩生长。一棵又一棵的北美红杉，在地下以各自的树根彼此携手，连结为一张巨大而牢固的网，面积巨大的可达上千顷。再有力的狂风暴雨，也无法掀起整片土地。就在这样的彼此依靠、彼此扶助下，北美红杉成就了自己令人神往的高度：它是世界上最高大的树种，成长非常迅速，成熟后高达 60 至 100 米，其挺拔修长高耸入云，是一道令人赞叹的风景。

草木如此，人类亦然。对教师而言，找到自己生命中的那片红杉林，尤为重要。

在生活中，我们可以看见形形色色的学习共同体。无论是现实生活中各类名师工作室的汇聚，还是网络上诸多学习团体的缔造，只有当它不是一个虚假的旗号，而是真正心灵的汇聚时，以团队力量促进个体茁壮，就不再是个难题，也不再是种偶然。

职业的特点，要求一位优秀的教师必须兼备广博与专精。此时我们必须意识到，这种要求，在任何时代、对任何职业都是很难达到的高标准。因此，每个人专攻一面的专精，在互相交流后造就人人擅长的广博，是学习的捷径。

当下社会大环境对教育形成的诸多压力，往往会集中到一线教育工作者的这个出口上。面对烦扰，在心理上彼此的共情与支撑，也是进取必需的动力之一。

像红杉一样，协手同伴抵挡风雨，以合作取代竞争，从自身的生命拔节中品尝至深的喜悦，就能够成就不凡的精彩。对教师，乃至对所有成年人而言，当我们与同伴组成这样的"红杉林"，就意味着已经创造出了生命最壮美的风光——因为，最便捷的寻找，往往莫过于自己亲手创造。

2015 年 3 月 26 日于北京

题记：

2016 年 6 月 20 日，我写下《沉醉不知归路》一文，既是应邀记录新教育在学术研究幕后的花絮，也在无意中总结了我参与教育研究 6 年的心得体会。

朱永新老师写下推介语——

"许多人都会奇怪：一个作家，怎么会成为一个教育学术团队里的干将？读完这篇长文，大家一定会找到答案。

喜喜是一个性情中人。她喜欢的事情，她认准的道理，就会义无反顾，有时自己没有条件就去创造条件，全力以赴地投入，尽力完成。

喜喜对理论有着天然悟性。读过《影之翼》《嘭嘭嘭》《我找我》《织梦人》等作品，都能感受到她在童书创作中举重若轻的哲学的思考，这实属难得。读她每一期为《教育·读写生活》写的卷首语，更会直接认识到她对教育的思考力度。

哲学功底、教育悟性、人文素养和文字能力，再加上过人的勤奋，让她脱颖而出，成为新教育主报告研制团队的核心成员，也让新教育主报告的研制团队如虎添翼……"

2016 年 7 月 23 日，我又以《我的誓言》一文宣布确定一生理想：终生不放弃教育工作。最终如此决定，有偶然，有必然。既然选择了，我只把它视为必然。

我的选择，我来承担。

《天空留着翅膀的痕迹》 童喜喜摄于西藏

上篇：沉醉不知归路

前言：因燃烧而点亮自己

前不久的一天，我看见了储昌楼老师保存的一大批新教育从 2003 年到 2007 年的历史资料。从现场照片到会议实录，从实验简报到规章制度，从总课题组到迅速细化的机构……我震惊而感动，以致热泪盈眶。

新教育实验，从 1999 年朱永新老师的一念开始萌芽，十几年的时光里，有的人来了，有的人走了，有的人来了又走，有的人走了又回……曾有人说，这是一个大浪淘沙的过程。

大浪淘沙，是我特别厌恶的一个词。生命绝不是沙子。人更不应是沙子。新教育这一路走来，多少人为之倾注心血！

正是有了所有人，有了每一个来过的人，将自己或长或短的生命融入其中，程度不同地把自己的精力、才华、金钱，不断投入其中，才有了今天的新教育。缺少任何一人，新教育都不是今天的模样。

本来，我只是一个旁观者。

2009 年 7 月的江苏海门，是我永远无法忘记的时间与地点。那一年的新教育年会就在此举行。直到今天我再看那时的会场照片，还是会激动：走道中央摆满了板凳，坐满了人，舞台侧面摆上了板凳，也挤上了人……密密麻麻的人群，随着会议的继续，只见增加，不见减少。人们的热情，只能用痴狂形容。

后来我曾经想过，如果我参加的不是海门年会，我也会走进新教育吗？想了又想，答案是：未必。我只是闲来无事应邀参会，如果没有太深的感触，也不会真正投入。

正是被那样燃烧，才有了我与新教育的真正缘起。

从两年中的形影相随，到两年后的全力以赴，我从旁观者，变成了这群人中的一员。

只是，即便如此，我也从来没有想过，哪怕是再让我活三辈子也不会想到，我会成为新教育主报告研究团队的一员。

震撼2011：尽头处的灯光

在2011年11月23日之前，我都是专职的写作者。我的每一分每一秒都无比自由。在没有目标的生活里，自由是一种精神的重负。当时我就是这样闲得无聊，闲得发慌，天天总想找点有趣的事情做一做。所以，自2009年7月应邀第一次参加新教育年会开始，这场一年一度的盛典，也成了我的"凑热闹大会"。

2011年，在内蒙古鄂尔多斯市东胜区召开的这一届东胜年会，却大为不同。

那一年，因为会务接待的原因，每年7月召开的年会不得不延期到9月17日、18日召开。所有人不得不调整行程。

对我而言，有一个更大的不同：在这一年，我第一次参与了年会主报告的工作。

那是9月16日，年会召开的前一天。我在东胜的新教育小学刚刚当过一学期义工，回到东胜俨然是半个主人般"上蹿下跳"，那些网上神交已久的老师们一来到东胜，就被我抓到大玩一番。等我又疲惫又高兴地返回自己房间时，已是接近凌晨两点了。

内蒙古的深夜，宾馆走廊里异常安静，一间间房门也关得严实。可是，走廊尽头处的一间房门却半敞着，房里透出昏黄的光。我好奇地溜过去，发现那是朱老师的房间，他正趴在书桌的电脑前打字。

我轻轻敲了一下门，朱老师偏过头看见我，招了招手。

我走到他旁边，电脑上打开的，就是年会主报告。他让我搬了凳子，也坐在书桌的一角。

我问："您改主报告呢？"

朱老师答："是啊。"

一会儿，朱老师念一段话，说："你看这个怎么样？"

我就回答："啊……"

再一会儿，朱老师又问："你说这句呢？"

我就回答："哦……"

这实在不能怪我存心敷衍朱老师。一则当然是我没有相关知识积累，二则毕竟已近凌晨两点了呀！

好在，朱老师很显然也并不需要我的回答。而且，很快他也不吭声了。他眼睛全神贯注地盯着电脑，锁着眉头，鼠标不断滑动，自顾自地一会儿敲打几个字，一会儿删除一段话，完全忘记了我的存在。

我留也不是，走也不是，只得坐在一旁，默默看着朱老师继续工作。

不知是因为桌上台灯的灯光，还是因为他一改平时的温厚而是皱着眉头全力思索的表情，或是因为我当时坐在书桌旁边比平时距离要近，还是因为他太疲惫太心力交瘁，总而言之，当时朱老师脸上的皱纹，显得特别深，特别深，如刀切斧削地雕刻出来的一般。

大概过了十几分钟，我开始打哈欠了，实在忍不住劝道："朱老师，快两点啦！您也该休息了吧？"

朱老师这才记起来似的，猛地一抬头，说："哦，你快回去休息吧。我先把这一遍顺完。"

我如释重负，拔腿就溜。

因此，到了中午，我睡足吃饱又在闲晃时，再次遇上朱老师，内心的确为我的无所事事感到惭愧。不知朱老师是不是对我的优哉游哉感到嫉妒，还是他到了白天心情比较好，这一次，他恢复了一贯的模样，笑眯眯地对我说："你能不能也来改一改主报告？"我信口说："好啊。"

当时，我对帮助朱老师改稿已经不陌生。

就在那个夏天，我参与了16卷本的《朱永新教育作品》的修订工作，主要负责两本随笔集《写在新教育边上》和《走在新教育路上》的收集整理，又通读了其他两部书稿，协助整理了一下。不过，我所做的只是一点粗浅的文字编辑工作，基本是个体力活而已。

下意识的，我把主报告的修订，也等同于此。

朱老师见我答应了，很高兴，对我嘱咐了几句，提供了一些他的思路，然后，给了我一些资料。

我一看资料，就傻了眼。

整理朱老师的教育随笔，一篇文章就是一篇文章，无论阅读还是修订，都是数千字一篇，非常清晰简洁。

但是，这篇新教育年度主报告，稿子的主体篇幅在3万字以上，还有很多以信件方式提交的整体修订意见，有的数百字，有的数千字。朱老师一下给了我一堆稿子，除了一份题为《守望我们的精神家园——中国文化：新教育教育的根基和创造之源》的底稿，一份朱老师当天凌晨修订的《守望我们的精神家园——新教育与中国文化》，还有卢志文老师、李庆明老师、于国庆老师、许新海老师、苏静老师、袁卫星老师等人每人撰写的一篇对朱老师之前修订的题为《守望我们的精神家园——中国文化：新教育的根基和创造之源》一稿做出的意见批注稿，还有朱寅年、葛存根两位老师另外写出了篇幅不短的相关资料稿……加起来共十来份！

吹牛容易，耕地难。我老老实实地把所有稿子通读一遍，于当晚22：33整理出了自己的稿子发给朱老师，并附上修订纪要："……以今晨最后一稿的整体布局为纲要、添加两小节，以经过修订后的第二稿为主要内容，加入部分不违反上两条原则的其他老师的文字，综合整理出此稿。绝大部分文字都是挪动前后顺序，未做任何修订。少数修订，无论是增删，都以红字为标注……把您讨论中说的'把中国文化活出来'的内容，已整理为文字，供参考……"

我不知道朱老师那天晚上是否又在熬夜，也不知道他是什么时候看见我的稿子。但我当时兴奋得睡不着，赶紧请同来参会的摄影义工、我的童书的责任编辑薛晓哲来"共赏"。薛晓哲是个一般不乐意表扬我的人，但他看完，竟然说："不错！比以前的逻辑清晰！"

我一听，更高兴了，一直睡不着，直到17日凌晨0：39还发微博，满世界嚷嚷："整整7个小时，聚精会神地玩了一次文字的'拼图'。不管拼得好赖，我这学到的，可比看百遍印象更深刻！只是，完成之后起身，突然发现双腿软得像面条……真是奇怪呀，分明是一直坐着只用手的，腿怎么会软……年年年会有收获，今年收获特别大。"

我写的这则雷锋式微博，只有最后一句，露出了狐狸尾巴："嗯……接下去天天睡大觉都够本喽！"

事实证明，我修订主报告的 7 个小时，完全是无用功。

最后，朱老师没有采纳我写的一个字，而是用《以人弘道，活出中国文化的根本精神》为题，发布了当年的主报告。到了 2014 年，该主报告再次锤炼，以《活出中国文化的根本精神》为题，被收录进《新教育年度主报告》一书。

事实同时证明，没有功是无用的。

我当时毫无意识，现在自己也不敢相信，凌晨近两点目睹朱老师修订主报告的那一幕，那走道尽头的一团昏黄的灯光，就像烙在我心上，此时此刻，在我眼前仍是如此清晰。

或许，那是我今生第一次为自己的懒散，如此惭愧。

幸福 2012：在同一趟列车上

2012 年时，我已经有了一个新的身份：新教育"萤火虫"义工。

这个新身份，是从 2011 年 11 月 23 日开始的。那一天，我向朱老师等人毛遂自荐，公开承诺以义工的方式，专职为新教育工作两年，在亲子阅读推广、种子教师培育等方面，落实相关的公益项目，帮助新教育完成相关领域的"原始积累"。

我非常得意。

此前朱老师已经多次邀请我到新教育工作，从希望我负责宣传到希望我成为新教育图书编辑等，我统统都当场拒绝了。我甚至在 2010 年为新教育基金会短暂担任了两个月的副秘书长，一玩之下觉得没意思也飞快辞职了。这下我终于有了一个自己认可的身份，找到了自己能做又愿意做的事，非常自豪真正成为新教育的一分子。

可是，我不知道究竟是生活总是出人意料，还是我的生活总是出乎我的意料：我的新教育项目一开始，闻声加入者，多到超出我的想象，而我毫无相关的工作经验，做事完全没有章法计划，一下就陷入了各种事务的汪洋大海之中。

除此之外，在当时的我看来，还有一个比我更可怜的、需要我帮助的人，那就是朱老师。

比如，朱老师听说我要去内蒙古，就高兴地翻腾出好酒、好烟、好书、好玩的稀奇古怪的东西装了一大纸箱——不是给我，而是要我给他惦念的新教育团队带去。当时我整天没日没夜地工作，腰伤正严重，又是只身一人外出，实在不想带。朱老师估计没想到我会断然拒绝，无辜地眨巴着眼睛，不再吭声。但他沉默了一会儿，又说："你就帮我带到车上吧。上车就好啦。这边你让人送你上车，那边他们会来接你。"我觉得他说得也对，心一软，就真的帮忙带了。结果进站时我得亲自把纸箱拖上车，到站后又因对方没有及时赶到，我只得一直把纸箱从站台拖到候车室等候，我又累又气，站在候车室里就使劲打朱老师的电话，没拨通电话就发短信"批判"他。

比如，朱老师以前对我说，之前哪个新教育人是这样的，哪个是那样的，哪个人的离开他至今也不懂为什么，有哪几个人之间发生过矛盾……我听了，出差的时候一有机会就去拜访这些人，对这个说那个的好话，对那个说这个的好话。这样的好话一说，大家都很高兴。我就觉得自己特别招人喜欢，尤其高兴。回头我就告诉朱老师这些人都和好了，朱老师一听也就非常高兴。

还比如，我第一次听朱老师的新教育通识讲座，发现他的PPT上几乎全是文字，不够美观。我就主动说："您这讲座可是新教育的脸面，我帮您给PPT上加一些图片吧。"朱老师就高高兴兴地把PPT交给我加上了图片。

还比如，朱老师和我闲聊说："我以前的主报告PPT都是秘书帮忙做的，每次都要秘书忙到很晚。其实啊，我早说过，我是用业余时间做新教育，也不应该用本职工作的秘书来帮我做PPT的……"不等他慢悠悠地说完，我就已经打断他的话，说："您说得对，我们来帮您做吧。"

诸如此类。

以前的人生里，从来都是别人围着我转，我从来没有忙过这些事。这一忙起来，就觉得很新鲜很有趣，尤其是它还是很有意义的新教育，我就越忙越快活。

2012年的主报告工作，我最重要的工作，是帮朱老师制作PPT。其实我只负责挑选出制作PPT的文字内容，真正的功劳完全归功于团队中李西西的一流审美。他一声不吭地给朱老师做出了一个白底黑字的极简风格PPT，字体上大小简繁的不同又弥漫出文化气息。真是大道至简，完全颠覆了我们对PPT的固有印象。这种简洁、典雅、大气的 PPT 风格，从此成为朱老师所用 PPT 的固定风格。

至于在主报告修订上，和上一年一样，我仍然不断收到朱老师发来的主报告稿件。只是他和上一年不同，这次是在群发中发给我的。我也和上一年不同，汲取此前经验，在朱老师和团队的其他人员的修订邮件雪片般飞来飞去时，我一直按兵不动。等他们修改定稿，我再在他们的基础上，发挥一个编辑的作用，修订错别字，改一改个别词语，比如在一句话中把"所以"改为"因此"，自我感觉文气通了，等等。

果然，这一次我的修改被朱老师采纳了——尽管采纳不采纳也没什么两样。

更让我高兴的是，在朱老师即将进行主报告演讲的前一天，我和完成这一次主报告底稿执笔者，一起到朱老师的房间，给朱老师试播 PPT。见到以阶梯出现的"新教育道德人格发展图谱"是整张图一起出现，他说："我来改改，让它动起来。"于是，他就改着，朱老师乐呵呵地在一旁看着。到了朱老师演讲的那天，图谱果然成为一级一级向上延伸的阶梯……

最让我高兴的是，在年会结束后，朱老师、执笔者和我，我们三个人一起坐上了开往北京的列车。本来我俩和朱老师是两个车厢，但我俩都跑到了朱老师的车厢里一起聊天。

那是一个双排座，他和朱老师一人坐在一张红绒椅子上，我没有椅子可坐。他俩让我坐在他俩座位下方的脚踏板上。我先在一旁站着，等站累了，就真的坐在了他们面前的脚踏板中央。

那一路，我们就如此错落有致地坐了过来。

大家一路上聊的，当然都是新教育。新教育的过去、现在和未来，新教育的理论研究，新教育的理念传播，新教育的项目推广，新教育的几所核心学校……大家不停地说着话，一直没有停过。

多数时间，是他俩聊，我认真地听着，偶尔我会说一些话，也只是插科打诨逗他们开心。

其实不用我逗，大家都非常开心。那一刻，全世界有无数轨道，跑着无数列车，从不同的起点开往不同的终点。或许那些列车、那些人，都是很好的。但是，我们坐在同一趟列车上，车窗外风景飞速掠过，如同飞速逝去的时光，而我们笃定地坐着，不仅信心满满地规划，更随时全力以赴地行动。

那，就是我认为新教育团队应该有的样子。

我从来没有感觉那样幸福过。我想，那就是幸福完整的感觉。那段旅途，是我走进新教育以来最幸福的时刻——没有之一。

动荡2013：风云突变

世界似乎是在一夜之间改变的。其实，当然不是一夜之间。2013年前后，一些我今天完全明了、当时却丝毫无法理解的事情，陆续发生。

现在想来，要怪只能怪我的人生太一帆风顺了。无论在家里、在学校还是在短暂工作过的单位里，我几乎都是最年轻的，我在毫无察觉中处处都被人担待一些。后来就立刻成为专职作家，完全自由散漫，缺乏最简单最基本的职场训练，对正常职场中人与人的心理毫无所知。

但当时我可不这么想。

比如，朱老师建议我成立新教育出版公司。本来我毫无兴趣。可是听几个人描绘了一番"在纸上复活最好的新教育"这一宏伟蓝图之后，我顿时觉得：这件事真是太有意义了！马上拉着我的编辑薛晓哲，要他一起做。

薛晓哲和我不同，认定此事没那么简单。我很不高兴，有事没事就批判他。结果如他所料，公司从筹划开始，就谈判艰难。

最让我奇怪的是：我自己就是靠写书谋生的，每本书我收获的版税率最少是10%，如果我开公司给其他作者出书，每本书我收获的版税率是7%——可这不是利润，其中包括租办公室、发员工工资等一切开支！我是在这样的前提下，放弃自己写书赚钱，来做所谓有意义的新教育出版，难道还没有问题吗？

然后又有一天，我突然又明白过来一点：朱老师劝我做出版公司，不仅是为了新教育事业，也是担心我的生存。

我当然知道朱老师是好意。可是，这种好意本身就是羞辱。我在2010年出版最后一本童书时，收入已经是首印稿费一字一元，所以才有2011年到新教育专职担任义工的底气，我活到了2013年，却需要利用新教育做生意，才能有一碗饭吃？！

不仅对我，据我所知，朱老师对其他好几位新教育人都屡次出现过这种"朱老师式好意"：朱老师一番善意，对方只觉侮辱。这简直是"朱式斯芬克斯之谜"。

我一度也对此百思不得其解。我苦苦地想，拼命地想，直到后来我终于找到答案——可惜那不是 2013 年。

在我完全无法理解这个世界的日子里，我停用了半年微博。

我很想立刻离开，非常想。但我承诺过当两年义工，刚刚当了一年多，光天化日之下的承诺，怎么可以食言？蓝玫为了支持我，已经彻底辞职，离开了学校，一旦我离开，她如何安顿？

我无路可逃。

童喜喜，你真的喜欢新教育吗？你真的热爱新教育吗？我只能反复追问自己。

在一次次确定对新教育、或者说对我全力以赴投入的新教育志业的喜欢乃至热爱之后，在一次次痛苦地挣扎，仍然无法转身之后，我只能把朱老师说过的一句话，借用为我的处世哲学：一切问题都是自己有问题。

我有什么问题呢？我想来想去，果然找到了三大问题：一是我的学问太差，一是我不够有钱，一是我的境界不高。

于是，继续从事大量事务的间隙里争分夺秒，我像濒临死亡的人寻求解药一般读书，恨不能把看见的每个字都放在嘴里嚼几遍。跑步的时候，或者地铁太挤没办法读书的时候，就用耳机听讲座录音。

于是，我立刻终止了和朱老师拟定的一个共同写作的计划。因为与他合作哪怕出了再赚钱的书，也无法证明是我的本事。我在丝毫不耽误任何朱老师交办的新教育事务的前提下，重新开始了写作，在半年中完成了《新教育的一年级》12 本书、共 36 万字的初稿。就是这套书，为新教育创造了 90 多万的捐款现金和捐赠给 100 所乡村学校的 1000 万元图书。

于是，我努力提升自己的境界。本来我做这义工，只是想来帮忙，只是因为我喜欢新教育，也希望赢得新教育人的喜欢。我觉得，没人喜欢我，显然是我有问题。我就把"喜欢不喜欢我的人"作为对自己道德水准的衡量标准，一刻也不敢放松地提醒自己。

——没有这一切，不会有这一年的我的主报告修订工作。

此时，我生命中的一位"重要他人"开始浮出了水面，那就是被我称为张爷爷的张勇。

我和他其实在2012年元宵节就因为新教育会议相识。但只是在微博上开开玩笑，没有太多接触。

这个用十几年的时间进行教育研究的人，这个本来很有钱结果倾其所有投入教育的人，这个研制出一套国际一流水准的教育评价成果的人，这个以实力赢得官方教育部门高度认可的人，他为什么愿意帮助我呢？我不知道。

当时的我只知道，我热爱新教育是真的，但痛恨朱老师也是真的。之所以最终没有记恨于朱老师，原因不是因为朱老师，而是因为张勇。

从这一年的春天开始，张勇就总是对我说："喜喜啊，我如果不是现在这个状况，有这么多人靠我吃饭，但凡我稍微轻松一点，我肯定是要来帮朱老师干活的。帮朱老师这样的人做事，才是真正的学习。所能学到的，跟单纯读几本书是完全不一样的。"

所以我想，就算我离开，也应该把朱老师的本事学到了再离开。所以凡是朱老师安排的任何事，会做的我就使劲做，不会做的我就使劲学习，然后再去做。所以每当我面前出现新的"朱式斯芬克斯之谜"时，我就会打电话给张勇，电话经常一打就是一两个小时。

张勇几乎从来不劝我。他只是在我又哭又叫之后，冷静地用他自称非常标准、其实很难听懂的普通话，向我分析着新教育的伟大、朱老师的难得，最重要的是，他会反复向我说明我做的这些事的价值和意义。

意义。意义。意义。这两个字，简直就是治疗我痛苦的灵丹妙药。若不是为了追寻有意义的人生，我做什么"萤火虫"义工呢？于是，一次又一次的，我反复服用张勇给我的"意义仙丹"。

6月20日，我带着主报告的底稿，带着我对课程的初步思考，带着一点水果，去张勇的办公室找他。那时他的办公室还在石景山的一个小区里。结果，我们那天什么都没吃。张勇站在客厅一角的一块白板前，我坐在他面前的大饭桌旁，听他给我讲了近一整天的课程。他的口头禅是："听懂了吗？"我的口头禅是："为什么？"他右手拿着一支笔，左手拿着黑板擦，又是写，又是擦。我全神贯注，眼睛盯着他，手里用纸和笔记录，还打开手机录音，准备万一当时没听懂今后继续再听⋯⋯

7月，我给自己安排了一件工作：去宜宾参加飓风老师的班级期末叙事。

这件事，也是我对提高自己精神境界的一次自我要求。那时我绝对不会想到，飓风会在两年后成为我工作团队中的灵魂人物。当时的飓风和我几乎没什么私交，而且她既不是种子教师，也不是"萤火虫"义工。从个人而言，从我的新教育工作而言，我都完全可以不必辛苦赶去。

但是，从整体新教育的大局来看，我认为，飓风是新教育践行者中出类拔萃的榜样。她马上就要退休，教室里的这一切是非常宝贵的，应该请薛晓哲这样的人去拍摄记录。我也应该去。

6日，参加飓风的期末典礼。7日清晨5：30，我在宜宾的宾馆里醒来，在桌前开始了对主报告的修订。当天中午，在返回北京的飞机上，我继续修订。

8日中午13：41，我给朱老师发去了这一年我修订的主报告。

这一次，我也把修订写了个简单的纪要："字体背景涂黑为建议删除部分。红字为修订部分。蓝字为解释。"

这一次，我连修订和解释，增加了5000余字的内容。以我所做的最大一处修订为例，那是新教育五大课程体系中的一个主要概念的修订：我将"智力课程"改为了"智识课程"。我是这样配上解释文字的："我认为这完全符合并精彩体现了新教育对学科知识追求的最高境界'知识、生活与生命的共鸣'。从我个人来看，我认为'智识'比'智力'和'文理'都好得多，而且是本质上的修改，是绝对的提升。但是，我并不准备坚持我的看法。因为一则我发现改个名字引发的"动荡"太大了，二则我发现您更重视的不是看法本身，而是说话人是否权威。这是完全能够理解的。"

这一次，朱老师对于我写的那些含沙射影的所谓解释，采取了彻底的沉默，但是，他基本采纳了我修订的所有内容。

我还来不及高兴，就听到消息，才明白朱老师那一段日子也并不好受——朱老师和主报告底稿的执笔者又发生了争论。

早在我参与主报告工作之前，我就一直从各种渠道听说一个同样的消息：每一年围绕主报告的研究和创作，都会有一番争论。因为朱老师总会改动，执笔者总会不高兴。

我以为这是学术上的正常状况。我还觉得我最公平公正，完全理解双方的感受：朱老师精益求精没错，而且他才是演讲者，他说出的话，当然必须自己真正认可；执笔者想保留原意或者懒得改动，身为作者的我也认为这种心情再正常不过。最关键的是，我一直以为，有了去年的幸福经历，一切误会都会冰释。

没想到就在这一年，朱老师在对主报告的修改中，提出了新教育卓越课程体系，分别为：以生命教育为基础，以智识教育之求真、公民教育之求善、艺术教育之求美组成课程骨干，以特色课程为补充。

朱老师重视课程，这是新教育学术团队都知道的。我的耳朵也听出了茧子。我不知道这是不是他多年的思考，只知道他的这一修订，遭到了斩钉截铁的反对。

在反对中，朱老师放弃了已修订的标题，表示其他内容还可以讨论并修改，但对方拒绝探讨，明确提出："明年主报告能不能换个人来写，我觉得我已经不适应大家的思维了。"

争端竟然发展到这一步，我才在错愕中明白：所谓的我去对这个说那个的好话，对那个说这个的好话，以为这样就会世界和平，其实都是我在自欺欺人。

我突然明白：越有追求的人，越有规划的人，越会把自己的蓝图画得细致，越会特别坚持自己的观点。

这样剧烈的冲击下，我隐约想到了一件事：我呢？我的蓝图又是什么？

可是，我的生活已经容不得我继续思考，因为接下来要面对的问题非常简单有力：明年的主报告怎么办？

涅槃 2014：脑子咯吱作响

在新教育刚刚开始的时候，作为博士生导师的朱老师，把他的一大批博士生拖下了水。

新教育元老储昌楼老师介绍过，最开始新教育是以总课题组的秘书处管理制运行的，他担任秘书长，由朱老师的博士张荣伟担任副秘书长，主要负责秘书处的理论部工作。到了 2004 年 11 月，理论部单列为新教育研究中心，仍然由张荣伟负责，朱老师还帮助他印了一张"新教育研究中心主任"的名片。从这时开始，理论研究工作就由朱老师亲自带领着学生团队完成。

时隔十年，又有一位博士生余国志闪亮登场。

朱老师早就要求自己所有的博士都选择和新教育相关的研究方向，余国志选择的是艺术教育，这正是 2014 年新教育主报告的主题。

就这样，2014 年的主报告研制工作，可以说是从 2013 年 9 月就正式开始了。

包括朱老师在内的很多人都说，余国志是一位非常勤奋的学生。关于他的勤奋，我倒没有强烈的感觉。因为我自从担任"萤火虫"义工之后的勤奋，是连朱老师都自愧不如的。但余国志待人接物的游刃有余、阅读写作的疯狂高效，却让我又羡慕又佩服。他 9 月入学，10 月就写出了一篇比较艺术教育和审美教育的文章，其后更是一发不可收。

这样一对师徒组合，本来是与我无关的。

但是，如果说新教育是朱老师的心头肉，主报告就是心尖儿。构筑新教育的思想理论大厦，这是新教育实验起步时就有的宏伟愿景，将这愿景落实为一年一年的主报告研究，是越来越明晰的行动方针。

朱老师是个乐天派。说到这一年的主报告，他其实还是希望延续之前的方式，由原来的新教育机构协助他进行。他还是会笑嘻嘻地对我说："说不写，那应该只是一时的气话啊。"

与此同时，朱老师又要我们三个人组成一个主报告研创小组，说："万一没人写，我就得亲自动手了。"

我知道为什么朱老师要拉上我。经过前几年的历练，对于新教育主报告的写作，我也算没吃过猪肉但见过猪跑的人了。

我更是完全理解朱老师的矛盾。也恐怕只有我，才能理解他的矛盾。毕竟，我曾经是那个以到处说人好话为荣的人。

于是，一方面，余国志围绕着艺术教育读书、写作，不断地把自己的稿子交给朱老师，我也不断地读他的稿子，三人见面讨论。

记得第一次讨论是一天下午，先由朱老师打开自己的本子，说出了他的想法。

听着听着，我猛地站起来，大声说："这说的根本不对！我认为艺术是……艺术教育是……"

余国志错愕地看着我。朱老师平静地看着我。

他俩都没吭声，就任我把话说完。不仅如此，朱老师一边认认真真地听着，一边还偶尔在本子上写几个字。

等我说完，朱老师就说："接着刚才说的……"我则像个捕猎者，又在一旁警觉地竖起耳朵，随时准备下一次"反扑"。

在我看来，"艺术"这种主题天然就和"作家"更为契合。余国志也告诉我，他就是个童年没有接受艺术熏陶的不幸者，无疑也为我的观点添油加醋了。而我眼里的朱老师，自从2013年的洗礼后，我一直恶狠狠地把他视为一个官员，是一个需要我斗争的对象，当然更是与艺术不沾边的。所以，这样的两人说错了什么，我简直无法忍受。

可是，我渐渐发现余国志明显和我不一样。每次讨论他都那么心平气和，既说出了自己的观点，又显得非常得体。我就向他请教："讨论的时候，为什么你明明发现朱老师说错了，却不说呢？"

余国志很从容地回答我："说错了没关系啊，大家都说一说，互相启发嘛。我也不能真的肯定我是对的。即使我真的是对的，那么我把对的说出来，朱老师一听就自然知道是他错了，不用专门说。"

我大吃一惊，顿时感觉余国志的做法，真是聪明至极！

更关键的是，我发现余国志说的话是对的。

我清晰地记得，到了2014年春的一次讨论时，朱老师开场说了一些他的观点。我直愣愣地看着他。朱老师从本子里一抬头，发现我在盯着他，赶紧问："有什么错的地方？"我摇了摇头，衷心地说："朱老师，您说的这些真的很棒！您的进步真快！我觉得您跟第一次讨论时，简直是两个人！"

朱老师是怎么做到的呢？我非常奇怪。

想了很久，我认为，他的大量主题阅读、讨论中平静而专注地聆听，是其中两大法宝。因为他之前都在做着教育相关的积累，到了围绕主报告的主题进行研究时，他就像玩拼图一样，哪怕之前有很多欠缺，他也能用阅读和聆听这两大法宝，迅速博采众长，很快就把自己的一幅图给拼完整。

这可真是太让我羡慕了。

以上所有这些所谓"主报告写作小组"的努力，其实，都是第二选择。事实上，我和朱老师的工作，都不过是帮助余国志完成博士论文——只是余国志自己也被蒙在鼓里而已。朱老师说，多多锻炼余国志，对他的成长只有好处。

所以，主报告工作更重要的是另一方面：以团结队伍为方向。各种方式的努力，一直在继续。

比如，朱老师一直敦促我推动出版公司的成立。他希望这样导致的合作，可以从根本上建立起信任。我认为他的建议是正确的。我想，在"说好话"已经被证实没用之后，"做好事"应该是有用的，起码是值得尝试的。成立出版公司需要考取相关证件，我这个最怕考试的人，也在想办法考，把公司成立的工作往前一点点推进。

比如，朱老师也在创造着当面交流的机会。3月21日晚18：00，在朱老师的多次联系下，我们所有相关人员都约好了时间，准备做一次当面的艺术教育研讨。朱老师当晚从外地出差返回，直接从机场奔赴相聚的地点。可是，那次见面几乎没有讨论任何关于艺术教育的问题，而且是一次让人伤心的相聚。

世界在一种山雨欲来风满楼的低压中，缓缓运转着，似乎陷入了一个怪圈。所有人都全力以赴，都心力交瘁，却又都于事无补。

直到6月7日，我们几个人收到一篇《新教育艺术教育碎思》，并说明"这算不得主报告，仅供各位参考"。朱老师看完，觉得和自己想象中的主报告还有较大距离。

真的开始了——我，真的要参与写作2014年主报告了。

在巨大的心理压力中，在极度的焦虑中，我把余国志写的所有稿子，看了一遍又一遍。我把之前朱老师所提的、我自己所提的文字意见，反复读了一遍又一遍。

时间在一天天流逝。朱老师问我："是不是你在余国志的基础上，改一稿，然后我再来改？"

我几乎无法回答这个问题。可是，面对这个把主报告视为心尖儿的人，我不能不说实话。我告诉朱老师：我做不到。

新教育主报告和教育论文的写作，有相似，但又不同。就像小说和散文，可以有散文式的小说，也可以有小说式的散文，但认真推敲起来，小说就是小说，散文就是散文。

朱老师明确希望的，就是我把余国志的教育论文，改成主报告。我尝试了。我也以为我能做到。可事实上我做不到。

我被失败折磨得几乎要崩溃了。

朱老师说："那就换个思路吧。你不要改余国志的稿子，而是把他写的作为资料，你来写一稿。我们再看看。"

这是几乎不存在的光亮。但对我而言，这已经是绝望中的唯一希望。

对我而言，读一读、修订一下、围绕一些观点讨论或争论一下主报告，这是一回事，但是，真正作为主报告的写作者，是另一回事。

前者更多是利用我的文字功底，需要我对教育有所了解，再进行一番发挥即可胜任。

后者却必须心中把握整体，同时雕琢细节。其他新教育同仁写好的稿子本是已经建筑好的大厦，被我又重新拆散为一砖一瓦。接下去，我得负责整个框架的奠基直至一砖一瓦的搭建，每一根钢筋的形状都可能影响水泥的走向，每一块砖头的摇晃都可能导致整体的崩塌。这是完全彻底的两回事。

6月19日12：01，按照朱老师的建议，我开始写作我的2014年新教育主报告。

7月1日23：58，我把我完成的这一稿，发给了朱老师和余国志。

我不知道自己是怎么度过的这12天。只有一个印象特别深刻：我总是有一种脑子在咯吱作响的感觉。那是一种从脑仁儿内部发出的声音。我知道这只可能是幻觉。不过这个幻觉非常清晰，也成为这12天留给我的唯一记忆。

朱老师把我的这一稿作为主报告底稿，结合自己的思考和余国志的稿子，大刀阔斧地进行了一番修订，马上发给了各位专家同仁，征求意见。

接下去的几天，和以往的每一年一样，意见纷至沓来。

朱老师、余国志、我，对所有意见进行整理、讨论、修订。我们虽然身在三处，却在网络上互相见证彼此的没日没夜。

7月11日，就在这一年的新教育年会召开的前一天晚上，朱老师、许新海老师、卢志文老师、陈东强老师、李庆明老师和我一起开会讨论各项事务，直到近0点才散会。我精疲力竭，回到房间脸也没洗就倒头睡去。

凌晨一点左右，我接到了朱老师发来的短信。

那是李庆明老师发给朱老师的短信，有着数百字关于艺术教育的思考。朱老师转发给我，说：这个观点很好，希望主报告能够汲取。我说：行，我早上4：30找您。

回答完，我把闹钟又往前调了一个小时，赶紧继续睡觉。

早上 4：30 一过，我抱着电脑，准时出现在朱老师的房间门口。那时，朱老师的房间已经是房门大开，雪白的灯光把会客厅照出了一副火树银花的气派。再一次，我和朱老师在凌晨坐在了一起，同样还是为了主报告。我和他面对面地坐着。

奇怪的是，和 3 年之前的那个凌晨不同，这个凌晨的见面，在我记忆里没有留下关于朱老师的任何印象。可我当时分明都是在盯着他的。因为我们不断地讨论着：李庆明老师的观点中哪些可以采用，采用的部分又会对其他部分有什么影响，对有影响的其他部分应该怎样调整，等等。

讨论完毕，我把这些细节逐一修订，马上给朱老师审核，由他再次修订。

6：56，我把定稿发给新教育研究院的杜涛主任。杜涛将马上找人印刷，才能在第二天下午的主报告演讲时，提供给与会人员……

2014 年之前，我以为我已经是"看过猪跑"的主报告工作人员。可是，当我这一年真正撰写了新教育年度主报告后，我才明白，新教育主报告到底是什么。

缺少任何一个人，都不会有这样的新教育主报告。同时，任何一个人，包括朱老师在内，都不可以贪天功为己有。

以这一年的经历为例。

比如，最后的主报告，是以我写的稿子为底稿修订的，我和余国志之间，谁重要？如果我认为我更重要，那么，我不是无知，就是无耻。余国志的稿子中被我使用到主报告里的那些资料，不是简单的资料，同时也是激发我思考的源泉。

同理，我们和朱老师之间，谁更重要？资料需要搜集和积累，文字是表述的方式。在一篇文章的背后，那些作为骨架支撑的思想观点，以及围绕这些不断研讨而向纵深里拼命前行的一步又一步，该如何计算？

在这样的一件工作中，能够如此突破自我，获得前所未有的体验和成长，这让我非常自豪。

同时，我也为之骄傲的是，因为共同做一件有意义的事，我和一群人的生命在这一刻融汇到一起。

我可不可以说：新教育主报告，正是一群心有不甘的教育人，向着明天的中国教育，向着理想的中国教育，向着无数普通中国人的幸福生活，进行的一次又一次探索，发起的一次又一次冲锋呢？

事实上，我正是这样认为的！

主报告文字是集体智慧，呈现靠的也是团队协作。PPT 制作上，未参会的"萤火虫"义工组临时团队助我做后续工作。在李西西设计的风格之上，小风、素香、紫藤、花王、从容、核桃制作 PPT 初稿，菊梦书校对文字，最后我再统筹审核……

我们互相督促，共同成长，为什么不可以呢？！

对于 2014 年的主报告，首师大博士生导师、教育部艺术教育委员会委员、基础教育美术课标研制组长尹少淳教授点评说："我认为这个报告有激情、有态度、有思想，而且是目前为止我见到的我们国内对艺术教育表述得最深刻、最完整的一个报告。"

对我来说，这样的一次经历，称之为涅槃，毫不为过。

这一年，朱老师的形象在我心目中也涅槃了。从 2013 年之前被我信赖的新教育发起人，到 2013 年被我处处针锋相对的官员，在这 2014 年，我重新发现他是一位学者。

我更期盼，所有人都能从这剧变的 2014 年涅槃，从此获得新生。

挑战 2015：前所未有的冒险

早在 2013 年的《研发卓越课程》主报告确定了新教育课程体系之后，朱老师就已经同时思考着五大课程中每一个课程的研究工作，并把能够参加这项工作的人员统统梳理了一遍，布置新的主报告研究工作。

生命教育是新教育元老之一袁卫星老师研究多年的领域，袁老师自然是当仁不让的研究骨干。朱老师的博士生卢峰也对这个领域情有独钟，主动送上门来，要一起研究，自然也得到了热烈欢迎，而且他为此去过一次台湾进行学习，收获很大。苏州大学已经成立了新教育研究院，工作任务之一就是每年都进行主报告的相关主题研究。余国志也对自己高标准严要求，主动表示每年都会就主报告进行相关研究，独立完成一稿。

2015 年的主报告研究工作，可谓兵强马壮，有四路人马同时进行相关研究。

对我个人而言，这一年的主报告工作意味着两大挑战：一是心理上的难以认同，一是精力上的极度透支。

尽管如期完成了 2014 年的主报告工作，可是，对自己成为主报告执笔者这个角色，我事先毫无准备，事后也不认同。当时完全是事到临头不得不写，心无旁骛地完成工作而已。当朱老师对我开始寄予希望，俨然把我视为主报告工作的重要成员，继续安排主报告工作时，我产生了一些强烈而特别的感受：排斥、恐惧、焦虑……种种心理纠缠着不断发酵，在 2014 年 10 月 5 日的主报告研讨会上，我彻底爆发了。

那个白天，我们在一所学校里，开了一天主报告研讨会。到了晚上，我和朱老师、陈院长、卢峰博士等人一起吃饭，仍然在讨论主报告工作。现在完全忘记了冲突的起因。似乎是朱老师当时说了几句鼓舞士气的话，认为现在主报告工作进展不错。我不知道是哪里来的无名火，不仅完全无法接受他的话，而且当场大加批驳，说着说着，我愤然起身，对朱老师大喊大叫地把我的各种不满统统宣泄了一番，最后怒气冲冲地指着他，大声宣布：我绝对不会参加主报告的研制工作！

大家都完全惊呆了。朱老师非常难堪。陈院长赶紧打圆场，说有问题吃完饭再讨论。

被我这样一闹，谁还有心情吃饭呢？大家匆匆结束了晚餐，各自散去。

我和陈院长都住在学校的宿舍楼。陈院长准备找我谈谈心。我不肯谈，把自己关在屋里，痛哭了一晚，想了很多，很多。

我想起了这些年经历过的很多场合。因为朱老师难堪的表情，我看着是那么眼熟。在各种争执里，一次又一次，我亲眼见证着。不同的是，以前是别人给他难堪，那时作为旁观者的我，对那些人是反感的。我自己的脾气并不好，可我认为人和人之间基本的尊重不仅是礼貌，还是做人的底线。谁会想到，这一次让他难堪，甚至比当初更难堪的人，竟然变成了我！

我怎么会这样对待朱老师？我怎么会变成我自己讨厌的人？我边哭边想。在那一晚，我想到了两点。

一是因为对自己作为主报告工作核心成员的强烈不自信。

从开始走进新教育，我就是义工，我给自己的定位只有一个：我是帮忙的。作为一个帮忙的人，我想做的、所做的、能做的，只是协助进行新教育的推广。就算有了 2013 年的一番苦读，也只是被逼急了，想向我喜欢的那些人证明我并没有那么糟糕。

就算有了2014年主报告写作的经验，我也不是、不可能是、更不应该是新教育的核心组成部分。

一想到有人知道我参加了新教育主报告的写作，甚至成为执笔者时，我就觉得人们会因此把新教育低看三分，会想：啧啧啧！偌大的新教育，居然要靠一个儿童文学作家来写主报告——可见新教育好不到哪里去！

那一段时间里，我对"萤火虫"团队内部常说的一句话是：你们教育界都轮到我来做这样的事啊，不丢人吗？！在团队之外，因为陈院长和我交流很多，我在激动时也对他说过类似的话。

另外一点也很关键：我认为我在继续被情感控制，任由一种不分是非的善良占据了我的脑海。所以，其他新教育人和朱老师发生冲突时，理智告诉我朱老师并无关键错误，感情上我却一直对朱老师耿耿于怀，还是怪他太不懂珍惜。

不知道同情弱者是不是人类的天性，反正我一般情况下都是这样想也这样做的。在朱老师和别人发生争执时，朱老师难堪，我会觉得朱老师可怜。等事情一过，我就会偷偷向朱老师嘀咕，比如：您已经出了几十本书，功成名就了，再出什么书、有什么名，也不过是锦上添花，您就把一些成绩算到别人头上嘛！如此这般。按照我的逻辑，似乎成功者有一种原罪，应该对不够成功的人额外担负起责任。我做义工的一部分原因也是相同的心态：觉得我很幸运了，应该为别人做一些事情。尽管我知道朱老师也是从一个毫无家庭背景的普通年轻人，靠罕见的勤奋、好学、正直，奋斗到今天，再加上一些幸运，才赢得他现在所拥有的一切，但那也逃不过我在同情别人时对他的打压。

我还想起来，有一次朱老师、陈院长和我说到这个话题，朱老师终于忍不住很委屈地对我们说："我真的对新教育人很好，起码比对我的儿子要好得多。我早就说过，有我一口饭吃，就肯定有你们一口饭吃。"当着陈院长的面，我当时就无法自控地大叫起来："朱老师！请您永远不要这样说了！这就是问题所在——谁稀罕您那一口饭？有谁是找不到饭吃，跑来向您要饭的吗？！每一个专职的新教育人，谁不能靠自己的本事，过着自己滋润的小日子？他们跟随着您，是想要创造一个了不起的事业，是想活得更有价值！更有尊严！"

我突然想起了朱老师曾经在微博里写过的一句不知哪位名人的名言，大意是：一个不成熟的人是为了某种崇高的事业英勇地献身，一个成熟的人是为了某种崇高的事业屈辱地活着。想起这句话，是因为在我对朱老师表示同情的日子里，朱老师曾经对我重复过这句话，他笑呵呵地对我说："所以，我就算是个成熟的人喽。"

在我当众让朱老师难堪的这天晚上，我再次想到"尊严"这两个字时，我不由得反问自己：如果在现实生活中，在大众的眼里永远有一个评判标准，用来区分弱者和强者，那么，一个弱者，应该如何获得尊严？

我想，无论如何，依靠践踏强者的尊严，弱者不仅无法得到尊严，更无法证明自己的强大，而且还会证明这样的弱者之弱，不仅弱在大众眼里的身份地位上，还弱在自身才能、心理乃至人格上。

那个晚上我想到了这些，下决心要改变这一切。我不想变成我讨厌的那种人。

自省错误，的确是自我改造的最坚实基础，可这并不意味着我真的马上就改变了——立地成佛？可没那么容易。

2015年1月，我在和朱老师、陈院长会餐时，再一次大闹天宫。由于接下去的工作规划和朱老师没谈妥当，我们又当场大吵一架……

真正促使我改变的，还是陈院长。

接下去的2月，我又在一次聚会中表示对朱老师过去的一个错误决定非常不满，不仅当面指责了朱老师，而且在散会后和陈院长同路时，又喋喋不休地向陈院长数落朱老师。

没想到，陈院长突然正色问我："你别说别人，你说说自己。那件事发生时，你之前预想到了吗？你自己是怎么做的？"

当时我一下子张口结舌。想了想，我争辩道："我是也没有想到啊，但是……我是我，他是朱老师啊！"

陈院长仍然非常严肃地追问："为什么朱老师就应该想到？为什么他就必须有先见之明？为什么他就不能犯了错之后再去改正？"

我彻底哑巴了。

然后，陈院长才恢复平时正常的模样，又笑眯眯地说起平时常说的，诸如"改正错误是不容易的，我们都是老同志了，要相信我们，也要有耐心"之类的话。

陈院长向来比朱老师更温和，温和得完全只能称之为温柔。他从来没有这样严肃地、毫不客气地、直言不讳地跟我说过任何事。在那之前没有，在那之后也没有，仅那一次。

如果 14 年国庆节的那个夜晚我选择了和陈院长谈话，当时就受到这样的教训，是不是我早就能好了呢？我也不知道答案。但是，从这一次受到教育开始，我越来越能够正常地和朱老师相处，也度过了心理上自我认同的危机，开始逐渐习惯了新的工作定位，继续着主报告工作。

2015 年主报告工作的另一个挑战在于：它的时间与我举办第一届"新孩子"乡村阅读公益行活动的时间，基本是完全重合的。

"新孩子"公益行是我因创作出版《新教育的一年级》而发起的，在二十一世纪出版社社长张秋林先生的支持下举办的活动。活动第一步，是我用一年的时间，为 100 所乡村学校免费做阅读推广讲座，并为每所学校送去出版社捐赠的 10 万元图书。其实活动在 2013 年 10 月就已经确定，项目组义工招募在 1 个月后已经完成，所有人都摩拳擦掌。正是因为做类似主报告这一类有关"新教育大局"的工作，我只得把自己举办的活动一拖再拖，拖到 2014 年 6 月 1 日召开了启动仪式，仍然因为正值主报告写作的胶着时刻，根本无法成行。

2014 年 9 月 2 日，我终于开始了"新孩子"公益行的第一场讲座。

2015 年 5 月 20 日，我在新疆完成了第 100 所学校的讲座。

其间，我除了做完了"新孩子"公益行的 100 场讲座、96 场座谈，还额外增加了十几场讲座，负责了一场"缔造完美教室"叙事研讨会的内容指导，编辑了一本后来被《中国教育报》评为"2015 年度教师喜爱的 100 本书"的新教育文库——《守望新教育》，修订了《新教育的一年级》后 6 部书稿，协助朱老师完成了两会的相关工作……这还不包括在我创办的新父母研究所里，我为各种项目所做的工作。除此之外，我基本上一场不落地参加了所有生命教育的研讨活动。

人们都知道，我完成"新孩子"乡村阅读公益行，一路奔波，十分辛苦，却没有任何一个人问过我：为什么我要把截止日期定在 5 月 20 日？如果定在一个月后的 6 月 20 日，时间上不就宽裕得多吗？不用日夜兼程，不是对我的身体好得多吗？

因为，我必须加入研制年度主报告的团队工作。没有任何喘息的时间。

一方面是因为对新教育未来发展的焦虑，另一方面是因为对朱老师苛刻相待的自责，所以，我只能以工作，来缓解一切，来回报一切。

所以，在参与生命教育研讨时，袁卫星老师形容我初期看上去"像个专门挑刺的"，我乐得哈哈大笑。袁老师说得一点都没错，只是他还不知道挑刺的原因：我只会挑刺。因为在一系列工作中的精力极度透支，我完全没时间进行深度阅读，缺乏相关的知识储备，无法提供建设性的意见。

挑刺是多么简单的事情啊。就像如今的中国，不乏肆意抨击的人。甚至言辞越是偏激，越能吸引眼球，看似赢得不少拥护。

建设却是那么艰难，一点一点，一步一步。有时候，真是点点滴滴都浸透着泪和汗。这时还得故作乐观地庆幸，毕竟没有身处步伐得用鲜血铸就的年代。

到了6月底，我把其他事务做完一个阶段，开始读了几本书，也认真研读了袁卫星老师、卢峰老师、余国志博士等同仁写好的主报告，以及朱老师成文数千字的主要观点。每篇主报告都有3万多字，风格各异，精彩也各异。

此前一年，我是面对一份主报告为难；在这一年，我又发现了新的为难之处：把各种精彩整合到一篇文章里，也让人难以下手。

这一次，我没有请教朱老师，决定还是像去年一样，在这些研究的基础之上，再写一稿。这样看起来麻烦，其实最省事。我想，写完交给朱老师，算是提交了我的意见，也算是我尽心尽力了。

为了保险起见，在这次写作之前，我打印了所有的文稿，阅读、批注之后，先去请教张勇。他越来越忙，但一听我是为了主报告的事情找他，还是马上痛快地说："来吧！"

我直奔张勇而去，他正和几个工作伙伴在小饭馆吃晚餐。听说我没吃饭，马上给我加了双筷子。我毫不客气地迅速扒拉完一碗饭，拿着笔和笔记本，坐到了他旁边，一边问，一边记。他一边吃饭，一边回答我。他信手拈来，给我说的是——

从人文，到人道，到人本，对应的是原始社会、野蛮社会、现代社会……

生命权是现代文明社会的第一权利……

自由先于选择，选择先于存在，存在先于本质……

自然生命基本对应的是生命体，社会生命基本对应的是人格，精神生命基本对应的是形而上……

科扎克把自己的生命和学生的生命"打通"了……

特蕾莎修女尊重每一个人，是地道的人本思想践行者……

中国经历着从同情、怜悯到尊重的改变，前者是人文，从老子的"以万物为刍狗"源起，到宋明理学的"存天理灭人欲"时为低谷……

回想起来，我们当时身处一个最普通的街边小饭馆，油腻腻、闹哄哄，我们身边都是张勇的同事和客户，他们却因为我们的对话不得不小心翼翼地保持沉默。周遭环境和我们热切研究的内容，形成了一种让人发笑的反差。

但我在当时丝毫没有发觉两者之间有什么冲突，现在想起也只觉得平静而幸福。

在最日常的场景里讨论形而上的事物，正是我认为生活本身该有的样子。

在繁忙的工作中，通过当面对话，由我忠实地传达张勇的思考，张勇显然对这种"童喜喜牌传声筒"的工作方式大为满意，到了后来朱老师请他提意见的时候，他就直接说："我给喜喜打电话说，就不在稿子里修订啦！"

我完成了 2015 年我的主报告后，提交给朱老师。

或许是因为站在大家的研究基础上，就像站在巨人肩膀上一样占便宜，或许是因为当时我已经更熟悉主报告的风格，让我多少感到意外的是，朱老师再次选择了我的稿子作为底稿，提议在这个基础上进行下一步。

接下去的工作，又是重复以往的流程：比写作更加疯狂的修订——确定了底稿，朱老师会马上单独修订一遍；然后，他发给专家朋友提意见；同时，他也会发给我们团队，每个人都得进一步修订；接着汇总意见，又是不断修订……

根据我电脑文档里的不完全统计，从我交稿之后，又改了 18 稿。要知道，我是 2015 年 7 月 3 日才交稿，而这项研究是从 2014 年的春天就开始了。我收到的第一份文件，是 2014 年 9 月 15 日朱老师群发给我们的一封题为"新生命教育"的邮件，其中的生命教育分为了珍惜生命、热爱生活、幸福人生三个板块。

不过，这一年我们的研究团队壮大了，工作起来省力多了。7 月 11 日召开年会，10 日 18：00 就已经把主报告的文字稿和演讲稿全部确定——提前了整整 12 个小时！眼看是不用再像前一年那样凌晨 4：30 起床改稿子喽！我高兴极了。

在提交稿件的同时，我收到了卢峰老师和余国志博士准备的主报告 PPT 初稿。我也想了一个偷懒的工作流程：把它交给同来参会的"萤火虫"团队成员、PPT 高手飓风，由她负责带领一群同来参加年会的种子教师，共同润色修订。如此一来，我就不用像去年那样，遥控指挥远在千里之外的姑娘们制作PPT。这不是更省力吗？

把PPT转发给飓风的那一刻，我感觉今年的主报告工作差不多结束了似的，真是身心舒泰。尽管当晚紧急处理了一桩突发事件，导致凌晨1：30睡，早上推迟了20分钟到5：50才起床，但这也没有破坏我的好心情。

但，天有不测风云……

我的雷锋日记，忠实记录了以下突变。

12日下午，朱老师将要进行主报告演讲。11日傍晚，一直心情轻松的我遭到了报应——我让飓风根据主报告内容，搜集一些寓意丰富又美观的图片，可是我发现她根本没有搜集！

勤劳的飓风怎么可能偷懒呢？一问之下才明白，她的工作习惯是等PPT定稿之后才找图。而PPT正在按照我交代的工作流程，由几位种子教师分头审核。她只能看到主报告文字，找不到图。

这下麻烦大了。可我顾不上处理这件事，就接到朱老师的通知，晚上大约20：00找他商量明天的演讲。但是，朱老师的房间里永远是川流不息的新教育人，我一去就碰到又一位新教育元老——张丙辰老师。聊了好一会儿，张老师离开了。再来人，再离开。还来人，还离开……在这种情形下，朱老师见缝插针地给我完整试讲了一遍。他一边讲，一边根据感觉，在打印出的演讲稿上继续大幅度地批注、取舍。

朱老师说这是他第一次在主报告演讲之前试讲。他讲完就问："你看怎么样？"

"我看挺好的。"说完想了想，我又客观公正地补充了一句，"比您正式讲的时候讲得好。"

朱老师若有所思，沉默了一小会儿，下定决心似的说："明天我想脱稿讲。"

我很意外。

朱老师解释道："除了主报告，我所有的演讲都是不念稿子的。我一直都觉得念稿子的效果不好。其实每一年的主报告，都这么三番五次的修改，内容我都是滚瓜烂熟的。但是太紧张了，总怕讲错，都是念稿子。"

主报告的演讲是90分钟，又是学术报告。念稿子尽管不够优秀，但也可以称为良好，因为演讲稿的内容就是根据演讲需要，由朱老师亲自写的，和主报告文字稿有着很大的不同。如果脱稿讲，万一讲错一点，或者哪里卡壳了，不就前功尽弃了吗？最终结果说不定会变成不及格呢！

我认为这实在是很冒险，所以，我给朱老师的回答是："我绝对支持！"

不冒险，怎么叫探索？不探索，怎么叫新教育？连一个小小的脱稿演讲都不敢冒险，还能做什么有创造力的事呢？这是我的逻辑。经过这几年的工作，我逐渐发现大多数人思考问题的逻辑和我不一样。可我还是觉得，我的逻辑挺不错的。

确定了脱稿演讲，时间已是 22：20，我把自己手中那份原来的演讲稿留给朱老师继续准备，拿着朱老师批注过的稿子赶紧告辞，去找那一群做 PPT 的种子教师。在朱老师准备脱稿的基础上，演讲稿又有了较大调整，我估计我又得熬夜了。

到工作现场一看，情况比我预计的更凄惨：工作根本没按预期进行，因为飓风给种子教师们的分工也有问题。最大的优点就是最大的缺点。正因为飓风自己亲手做事一流，所以让她把事分配给其他人做时，她反倒一时间无从下手。同时因为我让飓风去分配工作，导致她绞尽脑汁地想她不擅长的事，亲手做的工作也变少了……我真是搬起石头砸自己的脚，赔了夫人又折兵。

没时间留给我感叹。我让几位老师停止核对 PPT 上的文字，而是在飓风的工作基础上，分别再找一些图。

然后，我又和蓝玫、硕果、飓风一起，讨论处理一件突发的紧急事件。

再回工作现场已是凌晨 1：00，发现几个姑娘几乎没有任何进展，原因是她们找的图片质量超越不了飓风。我把她们都放回去睡觉了。

我和飓风、蓝玫做到凌晨 2：00，发现飓风已经彻底累糊涂了，连我让她做什么都分不清楚。我干脆让蓝玫把完整的 PPT 拷给我，把她俩都放去睡觉了。

一个人做到凌晨 3：00，我把内容全部梳理了一遍，PPT 从 229 页变成了 90 页，突然就眼睛一黑睡了过去。5：10 醒来，继续调整 PPT 到 5：30，准备发给蓝玫和飓风，通知她们起床接着做。结果在调整之后上传到信箱里的间隙，我突然又睡了过去。

这一下就睡到了 6：40，我赶紧爬起来，给飓风和蓝玫发 PPT，请她们分头校对文字，同时在 7 点找到朱老师，请他浏览一下 PPT 的文字——居然到了演讲的当天早晨，还在请朱老师浏览 PPT 的文字！这是从来没有发生过的情况。

上午没有参加活动，在宾馆里和飓风、蓝玫一起，三个人埋头做 PPT，分秒必争地工作。

　　要做的事非常非常多。除了主报告的内容，还需要把叙事引领版块 8 位老师的演讲内容，每人一页全放进来，并且帮每人写一句点评。我让蓝玫写了初稿，我来修改。让飓风写她的故事，她却怎么也写不出来，最后我又从头到尾地一写，也不管好坏了。我找了所有的图片，把 90 页 PPT 从头做了一遍，但到最后还是有几张实在来不及配上图。所有细节都由她俩来精心调整：文字大小，翻页效果，画面留白……

　　13：00，我给朱老师送去他提出增加的新演讲内容和 PPT。出门正好碰见杜涛，他拎着盒饭，说朱老师中午还没吃饭呢。根据朱老师的审核意见，我们又对 PPT 做了细节处的调整。

　　13：30，我们一行去现场调试 PPT。

　　14：00，朱老师开始演讲。

　　…………

　　我以为随着主报告工作的熟悉与规范，2015 年年会是最清闲的一次。

　　结果，没有哪一次的主报告工作，比这一次更紧张。

　　这一年的 PPT，在制作原则上我从"资料"到"背景"进行了彻底的颠覆。简单地说，以往 PPT 着重考虑文字的完整性，特别希望能够方便现场听众拍照留存，希望给大家提供更多资料。这一次的 PPT 着重画面传达的直观感受，为演讲者创设背景，为演讲内容营造氛围，文字只选画龙点睛之处，只作为听众聆听时的引导。

　　这一年的主报告主题是新生命教育，围绕着"生命"二字，我选取了许多气势恢宏的精美图片，整体色调又以灿烂的金黄色为主，使用现场巨大的屏幕播放，配上朱老师雄浑的声音，真是相得益彰啊！尤其到了最后结尾的主报告宣言部分，每一段宣言都配上了一幅图片，更是震撼极啦！

　　比如，我选了一张照片，是一位少年的逆光剪影。周围的山峦剪影层层叠叠，少年端坐着，一只手的拇指和食指相捻，一只手托举一轮红日。这样有寓意、有禅意、悠远开阔的照片，是为了配朱老师所写的这样一段文字："……一群又一群孩子长大后，我们能清晰地在他们身上看到，政治是有理想的，财富是有汗水的，科学是有人性的，享乐是有道德的。这，就是新教育的彼岸。"

　　或许我应该去做电影导演。因为在我看来，所有的文字不仅有逻辑层次，而且都是有感情温度的，都是有画面有色彩的。以前我只以为人人都是这样感觉，但是走进新教育之后，我才这样频繁且深入地和人打交道，才越来越发现并不是人人都和我一样。当然，因此很可能也只有我，才会对这些画面和文字如此津津乐道。

无论如何，这样的文字和画面呈现在 1700 人面前时，我不知道别人怎么想，我只是想：哦！这可真是美得让人窒息！

可惜朱老师的审美大大不行，根本就看不懂我们所做 PPT 的妙处。他使用我们做的 PPT，完全是"猪八戒吃人参果"。

但这有什么关系呢？人民群众的眼光毕竟是雪亮的。PPT 才播放了十几分钟，现场就有位据说是金堂县的主任来找我们索要。会议一结束，许新海老师就眉开眼笑地夸我："今年的 PPT 做得好哇！"

等年会结束，飓风又把我们做的 PPT 再次修订——我发现在几幅应该是全屏的图画上方，留着头发丝那么粗的白边儿，破坏了整体的美感。飓风起初还坚决否认，结果一全屏播放，她就服气了。修订完，我们就赶紧把 PPT 群发给有需求的所有人——独乐乐不如众乐乐！

当然，最重要的是，因为我们的集体努力，2015 年的主报告工作大获成功。

不仅因为我们做出了独特的 PPT，还因为在我亲历的历届年会里，那是朱老师主报告演讲最精彩的一次。在台上，朱老师对所讲内容信手拈来，底气十足，挥洒自如。在台下，有上百位老师都是拖着行李箱，站在会场里，就那么一直站着听完了朱老师的主报告，当朱老师话音一落，大家就仓皇夺路而逃，也不知道他们最后赶上车没有……

主报告，就是这样一个从"众苦苦"到"众乐乐"的过程：辛苦，但是过瘾。

刺激 2016：卓越的学生

人生有两大痛苦：一是缺乏高峰体验，一是上了高峰之后就只能止步没奔头了……

一二三四五，上山打老虎。我用整整 5 年时间，全力以赴投身到新教育"萤火虫"的志业中，捎带着把形形色色的主报告写作各环节都体验了一遍。

2016 年主报告的主题是习惯养成，内容是"每月一事"项目，这些早在 10 年前就由朱老师带领着一批博士生研讨推出，由当时就是海门教育局副局长、3 年前又兼任新教育研究院院长的许新海老师先带领着海门团队践行，后带领着全国新教育同仁深入。就连我写的一套《新教育的一年级》的童书，都是以这个深受一线欢迎的项目为纲而创作。对这样一个非常成熟的内容，对这样一种反复体验的形式，我认为很难再给我提供什么高峰体验了。

更重要的是，有两件事几乎占据了我全部的时间：一是负责《教育·读写生活》杂志的编辑工作，一是接受新教育研究院的委派，我带领团队投入到《新教育晨诵》系列 26 册图书的选编工作中。和这两件事所消耗的心力相比，我同时处理的那些以前一度让我哭爹喊娘的日常事务，都只能称为饭后甜点。

而且我发现了一个不幸的情况：经历了上一年的奔波后，我的精力大大下降。结果就是相同的工作时间内，工作效率大大降低。

总而言之，按常理来说，我本来在今年应该对主报告工作更加投入才对。结果恰恰相反。

所以到了 2016 年的主报告进行讨论时，有的重要会议我都没有参加，比如作为每年的重点活动、年会风向标的海门开发周，我因故缺席。就算我参加，我也是默默地听着。有一次朱老师都忍不住了，会后主动问我对研讨有什么意见？我见他一副急切的样子，故意说："我才不说呢，我不把我的好意见贡献出来。这样你们认为我有着不喜欢反对别人的好脾气，我还可以把我的好点子留下来自己写文章赚钱去。"物极必反，对我从一个极端跳到另一个极端，朱老师也只得一笑了之。

转眼就到 5 月，主报告工作又开始了倒计时。

朱老师提议，以前的主报告都印在报纸上，会后交给其他杂志发表，不如今年的年会主报告直接刊登在《教育·读写生活》杂志上。

我和所有的杂志主编一样，都为优质稿源发愁，一听这好主意自然是求之不得。为了赶上杂志的印刷周期，我们把主报告定稿时间确定在 6 月 15 日。

我相信赶在这个时间之前完成毫无问题。因为我们的团队一直在高效行动着。

近一年来，朱老师的阅读都是围绕习惯这个主题展开。近两个月以来，他又以习惯为主题，抄录、撰写了 2 万多字的"新父母晨诵"内容，这是写作主报告的最好素材。

勤劳的新教育同仁也不用说，他们陆续发来的初稿，已经是在朱老师反复沟通研讨后，有过多次修订的：来自赵振杰老师的《好习惯铸就好人生》，来自余庆老师的《让良好习惯助力儿童的幸福人生》，来自余国志博士的《好习惯造就新儿童》。

　　除此之外，今年还有三份特别的材料：海门实验区在许新海院长的率领下，重新修订的"每月一事"操作手册《养成一生有用的好习惯》，新家庭教育研究院孙云晓院长新出版的《习惯养成有方法》，新教育电影课项目组研究推出的《36节电影课养成好习惯》。

　　所以我发愁的是：巧妇固然难为无米之炊，可食材过于琳琅满目，还要一桌子全端上，也实在令大厨为难呀！要把这琳琅满目的精彩内容集中呈现，也还是要花一番工夫的。

　　朱老师早就开始追问我的主报告工作计划，我一直无法回答。

　　经过了前几年的磨炼，我充分锻炼出"虱子多了不怕咬"的良好工作心态，那就是：淡定地把主报告工作扔到一边，继续着我火烧眉毛的《新教育晨诵》修订大业。这套书可是签订了合同，规定8月要出版的。而之前的修订经验告诉我：一首诗快则5分钟修订完毕，慢则一小时还在查找资料，我根本无法确定时间。

　　5月下旬的一天，朱老师又在电话里催我。我被催急了，有些不耐烦地信口说："您和我一样，自己去写一稿呗！"

　　然后，就听朱老师答："好啊。"

　　只要朱老师不催我，我就心情舒畅，对于他的回答，我也没细想。

　　我本来是准备把《新教育晨诵》修订完，就开始像前两年一样去做主报告工作。直到5月26日中午，我的晨诵修订工作告一段落，我才找朱老师商量：今年的主报告准备怎么办呢？

　　朱老师笑呵呵地说："你先好好读一读主报告，读一读书。我已经在写了。"

　　有句小学生都懂的形容，叫作"不敢相信自己的耳朵"。那时那刻，我才明白了这句话到底是什么感觉。

　　6月2日16：21，朱老师发来了邮件，标题是"主报告第一部分"，共计7260字。

　　接下去，不同标题的邮件，记录着一步又一步的进程。"主报告的第二部分初稿（未完成稿）""主报告第二部分""第二部分（最新修改）""关于素养的思考""第三部分提纲""习惯养成的原则（完整版）""如何养成一个新的习惯""如何改掉一个坏的习惯"……

就这样，3日、6日、8日、9日、10日……一封又一封，邮件无声地飞来。

尤其是9日端午节那天，朱老师陆续发来了6封邮件。大家都知道，朱老师有早起的习惯。当天晚上的最后一封邮件，则发自22：37。那封邮件，是朱老师率领团队十年研究、践行的基础上，是率领三个团队再次用近一年深入研讨撰写的初稿基础上，由他亲自写作的底稿《习惯养成第二天性》，共计36931字。

接着，就可以从微博上继续看到朱老师的行程：他立刻去了阿坝，马不停蹄又去了新疆，去了宁夏……

他在四川阿坝州茂县参加第四届乡土教材研讨会，做题为《中国乡村重建需要乡土文化教育》的发言。他说，文化是留住乡愁的根，教育是留住乡情的本，然后他讲述了新教育人在乡土课程方面的探索。

他在新疆师范大学参加民进中央举办的"同心·彩虹新疆少数民族校长培训班"，应邀为60名校长讲《新教育实验的教师成长理论与实践》。

他在宁夏参加民进中央开明画院组织的西部书法教师培训活动，期间与西夏区回民小学的海生军校长联系，临时决定考察他们的学校，正好参加了他们5所学校举行的新教育交流活动。

且不说朱老师对主报告整体框架上的调整，且不说根据我的目测估算，他重新写作的内容近一半，哪怕是根据全新框架，把十几万字的初稿、几十万字的书稿，完全重新组合而成一份36931字的底稿，仅仅只做复制粘贴的工作，又需要做多久？

我这才明白，他在应邀去哈佛大学做演讲，为此错失海门开放周的"每月一事"教师叙事后，为什么坚持创造机会，让老师们齐聚北京。原因其实在他给大家的邮件里就说过："为了主报告的写作，我必须补上一线的经验，包括与个别老师深入交流，才能让我对一线实践有感受。"和老师见面的那一天，他整整坐了一天，听完了16位老师的讲述，对形式和内容都提出了精彩的意见。

也是直到这一年，我才明白，为什么张勇跟我说，帮助朱老师做事就是学习。怎么不是学习呢？比如朱老师会对我和余国志说："不好意思，在准备口头版时发现一句'素养更多指内涵，存于内在；习惯更多指方法，容易外显。'这里的方法是否可以改为'行为'？"我说："我认为不对。除了行为习惯，思维习惯呢？方法这个词我当时用的时候就觉得并没有特别贴切，但是对应着内涵，我一时也想不出比方法更好的词了。"然后我提出："把方法改为言行，如何？语言的话，比行动多一些内容，也大致可以包括一些思维习惯。"他说："心理学的行为，是包括了言语、思维等外显的内容的，以华生、斯金纳为代表的行为主义就是最好的说明。建议还是用'行为'，而不是'行动'。"若不是参与撰写主报告的工作，我当然学不到这些。

我又该说什么呢？

2014年，我自信满满地认为我是作家，我距离艺术最近。朱老师总问我："主报告的标题，你想出什么好的没有？"我总说急什么！到了最后，我没有想出任何像样的，最后的主报告标题用的是朱老师提供的——艺术教育'成人之美'。

2015年，我自觉地放弃了对生命教育主报告的标题的追求，但我仍然是一位苛刻的"批评家"。最后，在许多标题中，我和大家公认最好的，也是朱老师提出的"拓展生命的长宽高"。

到了今年，我曾经想过，我可以不做别的，就把标题这种简单又醒目的东西，充分发挥我的文采想一想。但到了最后，我和大家的选择，仍然是朱老师提出的"习惯养成第二天性"。

事实面前，我说什么，都毫无价值。我唯一能够做的，就是创造价值——以工作创造价值。

为了按照进度拿出主报告，配合完成朱老师的底稿修订工作，我也全力投入其中。当我因为整天久坐又开始腰痛时，也没有气馁沮丧，而是尽力坚持。最后想出一个绝妙好办法：坐在浴缸里几个小时，用热水泡澡的方法缓解腰疼，终于按时完成了修订工作。我高兴得发了一条微博，呼唤朱老师："@朱永新老师，请叫我红领巾吧！哎呀！每次写得辛苦时，我就在心里哭爹喊娘，想再也不写啦！每次一写完就暗爽至极，简直想马上重新再写一篇！"

可惜朱老师根本不知道我的这一番心路历程，对我这位"红领巾"的呼唤置之不理，倒是在其后长途电话讨论进一步修订工作时，听说我又开始腰痛，说："哎呀，忘记提醒你注意了。我那两天一直坐着，也是腰不舒服了。你要注意休息。"

我没说什么。我也没有劝朱老师注意他的腰。因为早在2011年夏天，我已经和蓝玫一起亲眼见识过朱老师腰伤严重，无法自如地走路，但他在那种情况下仍继续出差。我知道，每个人都希望自己身体好，哪怕不奢望长命百岁，起码也不喜欢活受罪。无论我还是朱老师，都肯定如此。只是有时候，的确有的事情，更重要。

而我想，朱老师应该还能做很多更重要的事。

在今年的主报告工作中，有一段写作让我印象深刻：梳理习惯的价值意义时，我希望完成一条"良好的习惯渐变是人类不断进步的重要阶梯"的阐述。

我作为一个服用"意义仙丹"最多的人，在主报告工作中，最拿手的就是写"价值意义"的段落。但是今年，刚开始时我无论如何也无法梳理出头绪。朱老师劝我，要是不够一条的内容，就还是与对社会文明的影响合并在一条里写。我不同意。我认为社会文明应该指当下、指广度，而人类进步是以时间为衡量标准的深度，所以单独列这一条非常重要。

到了最后，真是天无绝人之路，我正好读到了《读书》杂志里盛洪的文章，在文章启发下才勉强完成了这一条的写作。即便如此，在真正开始写作时，短短 700 字，我整整用了两个小时才完成。

那时我的感觉就像是武侠小说里的人：已经到了关键时刻，力气再大一分，对手就被制服了，可就那关键的一分，已经到了我的极限，无论如何也无法增长。

相形之下对比鲜明的是朱老师对于习惯与素养问题的思考。

这一次将主报告发给专家征求意见时，很多人提出习惯和素养之间的异同。现在不仅"核心素养"是中国的教育热点，很多人、包括美国教授直接就说：国际上早就不说习惯了。

看到这些消息，我给朱老师打电话。他在出差途中，信号不好，总是断线。我只好发了长长的短信，梳理出我对习惯和素养之间关系的思考。

朱老师回答："基本上是这个意思。现在把素养神秘化了。我倒是想思考一下，为什么全世界一下子都说素养了？"

我说："这个我也不知道，但的确是全世界都在说的。"

朱老师说："这是对于教育目标的反思。严文蕃说，美国从 90 年代开始不说习惯了。其实，习惯的概念从 90 年代开始被管理学家拿过去了。根本原因，是过去以传授知识技能为主要目标的教育，在信息革命的摧枯拉朽的影响下，已经束手无策，必须用学会学习、加强素养为新的目标。"

我没有对朱老师说过，这些短信我看了很久。我想的问题，远远超出了主报告。我在想：为什么我一见到"的确全世界都在说"时，立刻感觉着腿软，只想着自圆其说就好；为什么朱老师就能去思考"为什么全世界都说素养"的更为本质的问题？

我只能认为，见识、胸襟、气度……种种听起来虚无缥缈的东西，是决定思想的关键。我不知道朱老师当年创作《中国教育思想史》那部近百万字的皇皇巨著，对他的成长有着怎样的影响，但我能够清晰地感觉到，这个人的思想之根，扎在中国大地上，扎得很坚实。他并不狂妄，但很自信，不会简单为世界潮流、国际趋势所动。所以他在不断地长着，力气大一分，再大一分，总是怀着一份热切，不断向前。

中国人素来有少年老成的喜好，也就随之有了未老先衰的通病。可人文领域与科学领域不同，人文领域需要时间更为长久的积累。

但朱老师似乎是一个异数。现在看来，他似乎连学者都不是。在我看来，学者应该有点脾气才对。可他的虚心简直像心虚，而不是谦虚。每次主报告的一改再改，他宣称的是"哪怕改一个错字都是好的"，因此让我们这些团队成员无不大吃苦头，活脱脱诠释了什么是如履薄冰、小心翼翼。如果要说他一句好话，我只能说他是一位卓越的学生。他为学之勤奋，探索学问之兴奋，都是一个痴迷学问的学子模样。

所以，这样的朱老师，我特别希望他能够节约精力，多做一些重要的事，多在教育中去做那些只有他才能做的、少了一分力气都不行的探索。

今年的主报告专家审阅环节中，张勇知道我这几年作为执笔者的内情，因此在直接给我打一个多小时的电话提意见之前，对我说了几句题外话："这次写得可真有水平了。"

当我告诉他，其实是朱老师作为第一研究者也是第一执笔者创作了主报告时，张勇半天没说出话来。

张勇还不知道，曾经有位跟踪研究新教育的美国博士，在对朱老师说到主报告时，写邮件告诉朱老师："相信您的智囊团为您讲话稿的修改贡献了不少。您一定要注意身体，保证充足的睡眠时间。讲稿不要要求太过完美，不必亲自操刀，让他们写写就可以了。"

作为才智出众的美国博士，如果知道朱老师是这样炼成主报告的，不知又会怎么想呢。

对我而言，从2014年的主报告底稿执笔者，到2016年恢复为主报告修订者，在这新一年的主报告工作中，我完成了一个我从未想过的转折。

我一度以为再无法从新教育主报告工作中得到什么高峰体验。万万没想到，这一年的体验，比哪一次都更深刻。

或许，人生用什么比喻都是错的。

人生就是人生。人生的高峰体验，来自对自我的不断挑战，不断成长。

人多活一天，就应是人生的高峰增高一分——关键在于，人活着，就应该以学为生。

因为，人生就应是幸福完整的自我教育生活。

总结：我的回答

回忆总是不可靠的，何况是六年如痴如醉如疯如魔的日子，更容易让记忆抹上太多情感的色彩，而失去了理性的真相。

为了尽可能客观地复原实情，我以做学问的严谨，翻阅了6年来的大量相关资料。

没想到意外翻出了一篇文章，是我那惜字如金的责任编辑薛晓哲在2011年10月写给我的："自从加入新教育，你所做的一切让我明白，你找到了自己的精神家园。新教育人是一批有理想、有抱负、有使命感和责任感的人，你跟他们的理念高度一致，因此才有相见恨晚、一见如故之感。在当下的中国，还能够有这样一群人，实在是民族之幸事。"

其实我走进新教育时，还真没意识到这里是我的精神家园。只是作为童年在大家庭里长大的孩子，我未经思考就把新教育人视为一个大家庭里的家人。

视为家人，并不是值得炫耀的事，恰恰相反，因为视为家人，我长久以来，一直把自己的需求定位为：得到新教育人的喜欢。

不是尊重，尊重太硬，尊重是看见了对方的实力，表示的无奈服输。也不是同情，同情太软，同情是明知对方做得不对不好，只是因为自己的善良而进行抚慰。我要的是喜欢，是那种有话就直说、有事一起做，不管倒霉还是幸运，不管有没有成绩，只因为了解对方，相信对方，于是不讲逻辑没有道理的——喜欢。

因为这样的定位，所以，本可以正常的一路，才会有哭有笑，才会有了光辉璀璨而最终熄灭的梦，也有历经风雨越发茁壮的希望。

一度，我完全无法接受失去。为那些失去的人、错过的事，伤心难过。就像那个夭折的出版公司，从我个人而言无疑是天大的好事，可以节约我太多精力，可是，一个共同的梦想，毕竟就此破碎了。比如我那位离开的朋友，也许世界只有他一个人会在朱老师做完主报告后，沉吟着对我说："拓宽生命的长宽高不错，但还不够。"当时我立刻明白了他的意思，那正如朱老师说过的"整体大于局部之和"。但我的能力只够明白，却无力继续提升。他有着如此才情，却又匆匆奔赴天国。

正是在这样的反复失去里，我渐渐才懂得，原来，我的确是把新教育视为精神家园的。尤其是有一天李西西对我说："朱老师在讲话，没有一个人相信他的话，这是可怕的。更可怕的是，有一个人比他自己更相信他的话——你就是这个人！"我想了又想，不得不承认李西西的确说得有道理。

不过，尽管相信朱老师的话，尽管一度因此苛刻地对待朱老师，认为他应该实现自己所描绘的一切美好，但我也从来没有认为新教育是朱老师的。这种强烈的主人翁意识，从精神层面到现实生活中产生的落差，一度给我造成很多尴尬甚至痛苦，但我由此获得的锻炼及成长，却是缺乏主人翁意识的人永远无法获得的。

因为精神家园这一事实上的存在，还有很多人把朱老师称为精神领袖。我明白这些人说的意思，就像是说一个家庭里的长辈。作为文学人的我，或许还能欣赏由领袖可能形成更动人的故事，但作为一名教育人，我完全不能接受领袖这种说法。

或者说，如果人类的确需要领袖的话，领袖也应该是一个过渡客体（Transitional Objects）。这是大卫·温尼考特提出的一个概念，就像图画书《阿文的小毯子》里讲的小毯子那样，是指儿童幼年时某一段时间最喜欢携带、离身就觉得丧失安全感的东西。这种"过渡客体"是儿童自身与外部世界的桥梁。同时，温尼考特指出，一个人在人生的任何一个阶段，其实都在寻找并拥有这样的"过渡客体"，这样的"过渡客体"既存在于自身心灵深处、生命深处，也存在于让我们感到浑然一体的事物之中。

领袖无非是一个"过渡客体"，作为理想与现实之间的桥梁。在现实生活中，有许多人被冠以领袖的称谓，甚至承担起领袖的功能，我认为那都是人类所不能承受之重。

因为，我们之所以称一个人为领袖，之所以相信领袖、跟随领袖，是认定领袖会带领我们前往彼岸。但事实上，每个人的彼岸都不相同。我们经由相信与跟随，最终需要激发的是自我的力量，才有可能真正找到自己的归宿。而领袖之存在，对人类而言，我相信只是发展中的一个阶段，哪怕是漫长的一个阶段中的存在，对个体而言，汲取领袖式人物的精神力量，采撷领袖式人物的思想精华，独立思考，全力成长，才是拥有幸福的可靠手段。

我没有和朱老师讨论过，但我相信朱老师会认可我的这番说法。因为，在精神家园里，人人都是平等的。而他是一个多年推崇以"父母"概念代替"家长"概念的人，因为后者的一家之长意味着不平等。

正因为有这种粗浅的想法奠基，我才会在反复思考后，从我的角度解开了我认为很奇怪的"朱氏斯芬克斯之谜"：为什么朱老师的一番善意，对方却常觉受辱？

因为朱老师太天真了。

所有成人的天真，必然由个体性情和个人际遇共同锻造。朱老师的憨直可爱，也是由他没心没肺、有话直说的性情决定的。他的天性就是大大咧咧。同时，朱老师大学毕业留校任教，直接从大学教务处长调任主管教育文化的副市长，接着成为民主党派的专职主席——这样一帆风顺的人生经历，加上他刻意远离社会上的不良风气、以读书治学为方向的人生追求，也让他对生活与生存缺乏直观感受。纸上得来终觉浅，他难以体会人性的微妙。因为拥有了一定的身份名望，明知他有些傻，甚至明知他是错的，也少有人计较他，更少有人纠正他，于是他就在天真的路上越跑越远，直到现在。

比如就在前些日子，我跟着朱老师、陈院长去参加一个新教育实验区的活动。活动很成功，晚餐时宾主尽欢也聊得很开心。朱老师突然笑眯眯地说："其实我本来是不准备来参加你们这个活动的。因为有一个人一直说要采访我，约得太久了，怪我不配合他。他的家正好在你们旁边，我来参加活动，他也不用跑那么远的路，两全其美。我就来了。"席上的主办方顿时出现了微妙的沉默，朱老师的笑脸仍然是一派纯真，而我和陈院长两人心领神会地相视一笑——朱老师的实话实说之作风，我俩太熟悉了。

最大的优点就是最大的缺点，最大的缺点也是最大的优点。如果说，朱老师的一派天真曾经误伤过我和一些新教育人，那么也正是这样的对人际关系的一派天真，才加强了对学术追求上的专注，才催生了新教育，成就了新教育。没有朱老师这样一种天真的挚爱，新教育走不到今天。

也许，我是因为走过"新孩子"乡村阅读公益行那100所乡村学校，真实体会到了中国有多大，真切体会到了新教育对教育的改变，才对朱老师的功与过有了新的认识。就在我去的一些非新教育的学校里，他们对阅读践行力度之微薄，实在让我太吃惊。而那些学校都还是主动申请活动、重视阅读的学校，可想而知更多不重视的学校又会如何。朱老师的个性是那种很温和的，却年复一年地提交阅读提案。他用了半生几乎所有的精力，把"营造书香校园""一个人的精神发育史就是他的阅读史"说成了一句在民间近乎耳熟能详的话。如果不是亲自走过那么多学校，我又怎么会知道让人知道一句话有这么难呢？

而且说起来，"新孩子"乡村阅读公益行的诞生，也跟朱老师的天真有着直接的关系：在确定这个活动之前，我没有跟除了朱老师的任何人商量过。当时还没有想到二十一世纪出版社的张秋林先生会如此慷慨地捐赠图书，我只是希望出版社能够支持这次活动，提供路费。而朱老师毫不犹豫地肯定我去100所乡村学校的想法很好，他给我的唯一建议是："要不你就别要出版社提供路费了，你从你自己的捐款里出吧。"结果，后来人们都惊讶于我为什么以这样不要命的方式举办公益活动；结果，天真的朱老师等我活动结束之后，说他并没有想到会这么艰难……

当然，不同人眼里，或许会存在不同的谜，哪怕是同样的谜，也可能会看出不同的谜底。无论如何，我是明白了这一点，才学会了正视朱老师，才明白一个道理：精神家园，不可能靠寻找而得到，只可能靠建设而拥有。

有时实在太累了，我也想离开一阵子，好好休息一下。尤其是因为过于疲惫而烦躁，处理事务时情绪无法自控，我身边的人还会为此找出率真之类的好词形容我，甚至说我"真是一个赤子"，却不知我根本不吃那一套。我比任何一个外人都厌恶那样的自己。那样的时候，就尤其想离开。

有时不知情的亲朋对我有着各种挂念，着急上火地劝告，甚至爱之深而责之切，这时我也想离开。毕竟我做这些事，不仅不赚钱，甚至都不是我真正擅长的。有一天，文学界的老朋友和她的丈夫一起当面劈头盖脸地说我："一个作者也是有最佳创作年龄的，你看看你多大了？朱老师是不用考虑生活的，你看看你用什么保障自己的生活？雷锋还要写日记呢，你天天做新教育做疯了，我怎么就没看见有人宣传你？"那一天在离开朋友的列车上，我哭了很久……我亲爱的朋友啊，我只是一个普通人，我不是没有过动摇的。

只是，因为我只能靠我自己建设我的精神家园，所以，我还是不能离开。

我知道新教育并不完美。有时，甚至正因为新教育汇聚着一群真正做事的人，而彼此做事的方式方法不同，反而产生矛盾。但是，新教育已经度过了懵懂无知的时刻，度过了风雨飘摇的时刻，正在一群人的拼力前行中，不断自我提升着。从朱老师、许新海老师、卢志文老师、陈东强老师四位理事长，到储昌楼老师、张荣伟老师、李镇西老师、袁卫星老师等元老，到苏静老师、卢峰老师、余国志老师等博士，更不用说我率领的小"萤火虫"团队里的那样一群微小却又闪闪发光的人儿。我能和这样的一群人一起建设着，还有什么可抱怨的呢？

所以，我会对团队里为了成绩而高兴的伙伴说：现在只是开始，还不错，但还不够，远远不够。

所以，我会对一位说我"您更多的是对新教育的感情"的编辑说：非也非也。新教育跟我有什么关系？我只是义工而已。我更多的是对中国人的感情，由此而产生对中国、中国教育的感情。

所以，我曾经改写过诗人北岛的诗歌《回答》，在我们新父母研究所举办的培训中，在 *Conquest of Paradise*（征服天堂）的音乐声中，读给与会的 1300 多位老师、朋友听。

> 卑鄙是卑鄙者的通行证，
> 高尚是高尚者的墓志铭。
> 看吧，在那镀金的天空中，
> 飘满了死者弯曲的倒影。
>
> 冰川纪过去了，
> 为什么到处都是冰凌？

好望角发现了，
为什么死海里千帆相竞？

我来到这个世界上，
只带着纸、笔和身影。
为了在审判之前，
记录那些被判决的声音。

告诉你吧，世界，
我——不——相——信！
纵使你脚下有一千名挑战者，
那就把我算作第一千零一名！

我不相信乡村无望！
我不相信心无回声！
我不相信梦是假的！
我等不及因果报应！

如果海洋注定要决堤，
就让所有的苦水注入我心中。
如果陆地注定要上升，
就让人类重新选择生存的峰顶！

新的转机和闪闪星斗，
正在缀满没有遮拦的天空，
那是五千年的象形文字，
那是我们凝望未来的眼睛！

是的，我想好了。

和教育比起来，文学是长久的，也是缓慢的。我等不及。

"如果海洋注定要决堤，就让所有的苦水注入我心中"，是我这样软弱又很希望生活幸福的人一度不能理解的诗句。我的朋友进手术室之前念过这句诗，在他死去之后，我开始懂了。

公正只能创造，未来只能创造，幸福只能创造。只有创造，才会拥有。

日子仍然会有欢笑也会有泪水，甚至泪水会多于欢笑。

但我不能辜负我的遭遇，我的幸运。

我已经想好了：既然活着，就战斗。

唯一战斗的对象，是我自己。挑战自己。挑战自己。挑战自己。一次又一次地挑战自己。永无止境。

这，就是我对这个世界的回答。

2016 年 6 月 21 日于北京

下篇：我的誓言

计划：激流勇退之机

2016 年 7 月 10 日晚，2016 年萤火虫之夏暨第五届全国种子教师研训营开幕式上，我做了一个题为"成长是生命的唯一奖赏"的发言。

发言时长近 48 分钟。

要知道第一届萤火虫之夏时，我别说发言了，仅仅是躲在后台工作，直到最后都坚持没露面，连大会合影都没照。

5 年中，史无前例的漫长发言。人们只以为这是一次庆祝 5 周年的号角。

秘密。当时只有我知道——尽管我准备发言的时间，匆忙到只用了临上场之前的半个小时，但我的每一句话都很小心，每一句承诺都没过火——因为，这是一次告别演讲。

告别新教育。

不，听说这个秘密当时飓风就感觉到了。忘记后来听谁说过，飓风感觉我话里有话，极少哭的她，当场就控制不住地一直流泪。这应该跟飓风近几年来一直在研究我的文学作品有关吧。

在发言开头，我说：

2011 年 11 月 23 日，我用自己的稿费，创办了新父母研究所。我宣布用两年时间，专职为新教育做义工。到今年，整整 5 年。

今天我交给新教育的，是 621 位种子教师、422 位"萤火虫"义工，尤其是其中近百人的核心成员。

这些人不仅在一线耕耘，教室随时开放，而且，会听从新教育的召唤，召之即来，不计酬劳，甚至不惜身体地进行任何教育研发推广工作……

参会的朱永新老师觉得我的发言很奇怪。他说，你做的事分明比你讲的要多得多，你说了那么久，其实也没说清楚。

朱老师根本不懂，我的目的，不是介绍我为新教育做了什么，而是特别想提醒：这里有一群人。这群人，等我离开后，仍然是新教育的忠实践行者和开拓者。

不过朱老师很快就懂了。

——开幕式结束，我找到朱老师，向他正式提出辞职。

我提出，把我手头所有的工作，逐一全部移交给新教育其他机构。最晚截止至今年的 11 月 23 日，在五周年那天解散"萤火虫"团队。从此，我从新教育彻底离开，完全回到写作上。

从个人而言，我真的想转身了。

毕竟，我只是承诺做两年义工，如今已经超额兑现。

新教育里流行着一句话：一个人可以走得很快，一群人才能走得更远。

这没错。但这只是教育界的规律。

文学和教育，毕竟不同。在文学世界里，我有着绝对自信：我一个人能够走得很快，我一个人也能走得更远。

我想回到我的文学世界。我想回到轻易就能让我名利双收的写作。我想回到我悠闲富裕的生活。我想过回无拘无束的日子。我想有时间读小说，看电影。我想出门旅游，而不是出差。

尤其是去年朋友的死，让我感受到了死是什么。这半年以来，我会认真想到我爸我妈有一天也会死……每次一个人想到这里，我就会突然哭起来。爱是陪伴。我想更多地陪伴家人，陪伴父母。

从工作而言，我更应该及时抽身。

懵懂闯进新教育，两年的"打酱油"义工生涯，五年的专职义工生涯，捐赠一百多万的稿费，终于把一件件事务性工作、一个个公益项目，从零开始，全部做到有人、有钱，已见成效。这些足以给我敬爱与学习的新教育师友一个交代了。我自己也很自豪。

如今，不仅团队总是受到各种人的各种形式的表扬，而且所有人都劝我"少做一点事，要注意身体"。万丈高楼目前只从平地起，接着来个更上一层楼，恐怕没那么容易呢。

这时的激流勇退，是多么明智！

按照我的本性，第一届萤火虫之夏上没有露面照相的我，一直渴盼的不就是这样"事了拂衣去，深藏身与名"的最美结局吗？！

从灵魂而言——我早就想造反了！

因为，在新教育工作，意味着的不只是接触新教育人，而是要和社会上的各种人打交道。这一点，可是我在当义工之前万万没有想到的。

因为这样，我经历了很多匪夷所思的事情。

因为长期以来，我借助于自由写作的职业特殊性，完全遵照自己的天性，一直生活在自我封闭的环境里，只接触自己想接触的人，所以，才把这些正常人认为司空见惯的人与事，认为匪夷所思。

走进新教育，为了推动工作，我不得不和各种我以前绝对不可能也不愿意接近的人接触。

这一类人，让我产生着极度的厌恶，以及，深刻的同情。

是的，在第一时间的厌恶之后，我无法不同情这些人。这一类人，会让我想起一个永恒的问题：他们的生命中遭遇过什么，把他们变成现在这样？

还记得5年前刚启动"萤火虫"亲子共读项目时，蓝玫作为第一批"萤火虫"义工，夸奖我这样做很了不起。我对她回答道：不，这只是因为我的情况不同。如果换了你是我，我相信你肯定也会像我一样做。

回头望去，和5年前完全一样，今天的我也从不认为自己比任何人更高明、更高尚。

我之所以做出一些和很多人不一样的事，归根结底，只是因为我和很多人身处的环境不同——从父母给予的最美好的家庭教育，到从普通学校所受的"散漫"的教育，到新教育团队里高强度的社会教育，又得老师指引。

但是，文学和教育毕竟不同，对人的要求也并不完全相同。对于教育工作者而言，所有事都是对人的磨炼。对于文学创作者而言，很多事都是对心的磨损。

我这样一个童年唱崔健的《一无所有》、少年迷 Beyond 的《海阔天空》，直到如今还会在《魔兽世界》的背景音乐里完成新教育年度主报告工作的人，真的就能这样一辈子活在穿露背裙颁奖会被批判、穿球鞋开会会被警告的教育界吗？！

尼采告诫人们："与恶龙缠斗过久，自身亦成为恶龙；凝视深渊过久，深渊将回以凝视。"

我很认同。

我是创作者啊！我的职业特点，完全没必要与恶龙缠斗、向深渊凝视！我只需要写作，只需要记录和传播美好，足矣！

就算我无法改变世界，我也不愿被世界改变。

不。

绝不。

之前不能走，是因为新教育前几年正在发展期，急需人手。

现在，新教育发展稳定，几乎处于历史最好时期。我此时不走，更待何时！

变化：命运借人之手

我提出辞职，朱老师当然不同意。

我当然知道辞职没那么容易，就耐心摆我的理由：我并不是准备向外公布我离开新教育，只需要内部人了解就行。我赚钱的能力很强，离开后肯定会成为向新教育捐款最多的人，从某种意义上是对新教育贡献更大哦。

各说各的理由，谁也说服不了谁。

最后朱老师突然问，你的团队知道你要辞职的事吗？

我一愣，说，不知道啊。

朱老师就说，你起码要和团队商量一下吧。

这一点，我觉得他说得有理。

11 日中午，在研训活动间隙，我抓紧和团队几位伙伴开了个小会，讨论我的进退去留。

伙伴们公认，在一起工作，当然是心情愉快、劳动成果丰硕的，忙碌完一次活动聚在一起时，特别幸福。

同时，每个人自我分析之后，也不约而同地表示：在一起工作，其实多做了很多事，从个人角度而言，散伙会大大降低辛苦指数。

到底散不散伙？这本来是我已经决定的事。但是，我看着伙伴们的脸，才突然意识到：和这群并肩工作数年的伙伴们在一起讨论，和我单独向朱老师提出辞职，气氛并不一样。

大家正在各自沉吟。下午研训活动开始，我们就先继续工作。

我的心像个钟摆，在去留之间来回摇晃。

2016 年 7 月 11 日傍晚，这是一个应该记住的时刻。

我听到了关于她的消息。

宛如晴天霹雳。

她是一位普通的一线乡村教师，这大半年以来，一直向我隐瞒着她的一个消息——她生病了。

这几年，我来来往往地送别了那么多人。如今，她也生病了。

她生活在一个小镇上。我去过她的家乡，走进过她的教室，和她见过面，聊过天……但是，这些年之中，我这样接触过的老师，少说也有两三百位。如果不是这个她一直向我隐瞒的消息，她只是我支持和服务的诸多一线教师中的普通一员。

得知了她的病情之后，她大半年以来所有的反常举动，全都有了答案。

她的故事，如一面意义之镜，映照出我在新教育里的所作所为。

几年的时光，所有的事，瞬间贯通在一起。

尤其是几乎被迫担任了副院长之后，我参与的很多事，在当初做的时候并没有想太多。比如在新教育制度建设中，我提出的一些建议，只是秉承公平公正，努力去做了。有的事，需要反复的沟通交流，需要和思维方式几乎完全不同的人打交道。做的时候辛苦，做完又感觉毫无意义，甚至吃力不讨好。这时我就觉得心里苦，挫败感很强。

可这样的事，此刻从她的视角回望，我发现的是截然不同的一幕。

我的眼界被这件事猛然打开了一点，一下子看见了更多的东西。看见了此前我从来没有看见的事物。

朱老师讲过的很多道理，我尊称为"张爷爷"的张勇强调过的很多意义，突然活生生地涌向我。

原来，那些我以为无意义的事，竟然也在命运的链条上，紧紧地联系着他人，甚至成为他人生命中的重要一环。

我告诉伙伴们：我不能退。

为了她，我不能退。

她还不仅是她。

正因为她只是一位普通的种子教师，也就意味在她身后，还有更多和她一样的一线老师。

甚至，还有更多可能还不如她这样勇敢，以至于我们还不知道的众多的一线老师。

为了他们，我不能退。

但，归根结底，我不是为了他们留下。

无论是已经存在的她，还是可能存在的他们，都只是镜子，在帮我从杂乱的虚无中再一次看清最初的那个词：意义。

不退，是一回事。怎么做，是另一回事。

我该怎么做？

这个问题对别人不重要，对我，则近乎生死攸关。

近半个月来，我在工作的间隙，反复思考着这个问题。

一直找不到答案。

只是，每次想到接下去怎么做，就必然会想到她。想到她，就必然或长或短地哭几下。

持续悲痛而于事无补，是软弱的，更是愚蠢的。我特别厌恶这样，但我早就接受了这个事实：我就是这样一种软弱而愚蠢的人。

我不知道她是怎么懂我的。

其实我和她的交往真的并不多。她把秘密早就告诉了别人，却一直向我保密，的确是很懂我。她懂得怎么对我好——对她自己不好，但对我好。

一直到 19 日上午十点多，我正趴在书桌前继续工作，突然福至心灵，想到了我能为她一个人做什么。我猛地轻松了一截。

但我还是不知道：不能退，为了更多的她，我该怎么做？我还能怎么做呢？

不知道为什么，尽管从外在得到了不少表扬，但从去年 12 月开始，我对自己的工作评价非常低。尤其近两个月，更是到达了谷底。

好几位朋友，就连朱老师在内都劝过我，让我不要过分追求完美。可我觉得，我真的没有过分追求完美，我只是觉得，我也不过是把事情做到这个样子，如果我连这种追求都没有，那不是更做得一塌糊涂吗？！

那么，接下去，我该怎么做？？？

这期间的某一天，我心神恍惚地问团队中的一位伙伴——全国知名班主任、常年教重点高中的黎志新姑娘："你相信有人真的会放弃自己唾手可得的利益，而去做一件有益于他人的事情吗？"

她想也没想，回答得非常干脆、清晰："相信。"

我愣住了。没等我追问，她继续回答，答案直接有力："因为我就是这样做的。在我们市里，有国家二级心理咨询师证书的人，不足十个，我就是其中一个。有人找我合伙，让我提供证件，其他什么都不用做，给我干股、分红。如果真做心理咨询，价格是每小时 400 元，一次最少签一个疗程，也就是 4 次。我都拒绝了。因为，我不能只挂名字不做事，如果我做，就没时间做萤火虫义工了。"

我看着面前的伙伴，大吃一惊，久久说不出话来。

寻觅：过去孕育未来

这期间的一天，我收到团队中一位伙伴的来信。

信写得非常用心，邮件发送的时间是凌晨两点多。信里恳切地指出了她希望我改正的 6 个缺点。

从某种意义而言，我完全认可她所说的是一种真相。

不过，比这更重要的，是指向的问题。那其实是同一个问题：怎么做。

我看着伙伴真诚的来信，也吃了一惊。百感交集。

该怎么做呢？

手头的工作告一段落了，我专门找出一段时间，专注地反思这个"怎么做"的问题。

本来是为了思考，行走并无目的。下意识地转了两个地方，回过神来，发现全是我去过的。

索性把去过的一些地方都漫游一番。简直是把人生回溯了半圈儿。

奇怪的是，记起的全是小事。多年没想起的小事。

我先去看了明晃晃的保利大厦。2005 年，我在保利大厦旁，租了套一室一厅的小公寓。之后常在这附近游玩，看演出。

当时是接力出版社出版我和李西西合著的一套书。那时我还坚决不肯配合任何图书宣传活动，就特别自由，想去哪里就去哪里，一高兴就到北京住了一阵。

那时路上每晚都有小贩摆摊卖水果。和一位小贩姑娘不知怎么就熟了，我买水果，她总要给我再塞几个。我没买，她更要坚持送给我一些。开始我不肯要，她就狡黠地笑着，说："我的秤不准的！"

有一天，城管执法，好多小贩的蔬菜水果都被丢到城管的车上，现场混乱得像一锅沸腾的水。我恰好路过，看得目瞪口呆。

这时，小贩姑娘远远地来了。她仍然不紧不慢地骑车过来，从城管车里拎出一小捆青菜，丢回自己车里，冲我一笑，骑着车扬长而去。

其实我觉得城管也挺辛苦的。但是，我真的好喜欢这个小贩姑娘。

我又去看了管庄的一个小区。那是在保利大厦旁边的一室一厅住了一段时间后，嫌弃房子小、很憋屈，就搬来这间近200平米的复式住宅。

房子大，还把家人接来住了一阵子。

一天，一岁的小侄女突然生病。当时只有我和我妈在家。

我惊慌失措，眼泪都掉下来了，采取的行动是一口气跑到小区门口找人帮忙。邻居指点：小区里没医生，快去医院啊！

再跑回家，我妈已经把去医院的东西全收拾好了。去医院一看，只是小病，很快没事了。

我妈对我说："越是遇到不好的事，越是不能哭。一哭，反而乱了。"

我妈说的这句话，我一直做不好。但是，一直记得。

接着，我去看了东四十条的七天连锁酒店。从2008年开始，我在中国少儿社出书，从此开始抛头露面配合做宣传，到北京常住这家酒店。

酒店旁有一家孔乙己饭馆，编辑薛晓哲告诉我，这家店有20多年历史，很多老作家老编辑都在这里吃过饭。薛晓哲也常常请我在这里吃饭。

有一天，刚进门，服务员小姑娘就跑到我面前，涨红着脸，没头没脑地对我轻声说："我要走了。"我一愣，问："去哪里？"她说："回老家。"就不再说了。

她和我，就像小贩姑娘和我一样，互相不知姓名，并不熟悉。我也不知道那么多人之中，她为什么就来告诉我。

我买了点烤鸭之类的袋装食品，回饭馆硬塞给她。她拗不过我，收下了。

两年后的一天，我来吃饭，她突然笑着出现在我面前，说：她回老家是结婚去了，现在孩子一岁，她出来打工。

现在她又离开了这里。我进门时，另一位小姑娘熟悉地笑迎上来，问我：好几年没有来了吧？怎么这么久呀？是出国了吗？

然后我又去看了静安里的汉庭酒店。2011年夏天，我住在这里，经历了从文学到教育的人生转折。

那时，教育在我眼中，是一种远远高出其他职业的职业，闪着神圣的光。

在这里，我读了《我的阅读观》一书。从这里出发，去听了松居直的讲座。

现在的汉庭酒店正在拆迁，招牌上的几个大字躺在地上，支离破碎。旁边的蛋糕店、家常菜馆，倒是一如既往。

当然，也路过了静安西里的一个小区。忘记了是哪间房子，2011年冬，我住在这里一阵子，并且，度过了2012年的春节。

一室，无厅，有一个过道和两个阳台。

两女一男三个人共住。

我和第一位应邀加入团队的新教育老师小风习习睡在一张床上。

很多年后我才明白，住在哪里，是这个社会衡量一个人的身份、地位、能力等的重大指标。这会让周围的人对这个人悄然形成一种判断和评价。这种判断和评价，会让大家对这个人产生微妙的感觉。这微妙的感觉，将对这个人要做的事，发生说不清道不明又的确强烈存在的影响……

更确切地说，这道理我早知道。毕竟我只是阅历太少，不是有智力缺陷。只是事情发生在新教育里，我就不知不觉地选择性"失明"了。

而且，2011年上半年我刚到一所地处比较偏僻的新教育小学支教，返回后的我，身心都散发着一种革命浪漫主义气息。

我以苦为荣，自然以苦为乐。不仅不觉苦，还巴不得更苦，只恨不够苦。卫生间的门掉了，洗衣机坏了屋里被淹，腰痛去做艾灸治疗，讲座途中累趴在火车座位上……有点苦楚，都要发条微博，不以为耻反以为荣地炫耀我们的生活有多苦，我的身体有多糟。

当时，我还以为自己这样做，就是在热情拥抱人民群众，就是跟受苦受难的人们打成一片了呢。

我丝毫没有意识到，这不叫拥抱。恰恰相反，我越是迎面跑向人民群众，就越是意味着我和人民群众奔跑的方向完全相反。

我去看 2012 年春要开始居住的学校宿舍时，正是在下班的车流中。

的士行驶缓慢。周遭的人群、自行车却飞快掠过。如同慢镜头和快镜头，同时出现在一块灰色的大屏幕上。

我静静地看着这些，却毫无来由地想起另外一次坐车。

那是一个盛夏，借了一辆车送我妈回老家办事。轿车在田埂间穿梭。我看着窗外的风景，只觉得阳光像白色的刀子。

我妈突然叹气，说："唉，农民真可怜啊！当年自己种田的时候，倒还不觉得，现在你看，我们坐在车里，还要吹空调，他们在大太阳下晒着，还要做事！"

从小在外婆身边长大，初三就开始离家求学，我在我妈身边待的时间其实并不算长。

我妈也没文化，高小毕业——因外公去世辍学。

我妈和普天下的妈妈一样啰嗦。她说过的一些话，当年我可能都没有留意。不知道为什么，却会在莫名其妙的时候，就像现在，猛然响起，伴着眼泪，一滴，一滴，流进心里。

我对朋友说过：我爱我爸我妈，不是因为他们是我爸我妈，而是，只要我是人，就一定会爱他们——何况他们还是我爸我妈！

心语：对话也是自省

就这么有时坐车，有时走路，慢慢地一边想，一边走，一边走，一边想。脚磨得起了几个泡，也没觉得难以忍受。人群川流不息，各种不同的脸庞，全是以前没见过的。

身边越是热闹，心里越是安静。

世界太大了。和我相关的人和事，并不多。

只是，有时候，就是莫名其妙的相关了。

正常人与人之间的交流，应该是："你好，今天天气真好，哈哈哈……"或者是："你好，有件事是这样的……，你能……，谢谢。"

还有一种交流，风格完全不同。

嘭嘭嘭——因为我们在同一个频道。

就像我和她。就像这一天里，我和她的这番外人完全无法理解的对话。

我："你喜欢我吗？"

她："？？？"

我："你喜欢我吗？为什么喜欢？以及：有没有不喜欢？为什么不喜欢？"

她："刚刚看见这个问题，我扑哧一声笑了：这是恋人问的问题！当我很在意、非常在意一个人的时候，我才会反复问这个问题，当然只会在心里问自己。但我只对男人这样……看见你走上台的那一刻，眼角就开始湿润，听见你的声音，眼泪就开始吧嗒吧嗒往下流……你要问我：爱还是不爱？不是问我：喜欢或不喜欢？其实我回答不上来……因为我看见蓝玫的时候，我的心会很温暖，我会无比幸福地听她说话，就安静地听着。这是喜欢吧！可是对你的感觉，是像对一个男人，一个情人的感觉，没有拥抱的勇气，不敢直接对视。在教室里共读《新教育的一年级》，就感觉是和你在说话。时常对自己说：为什么要遇见你呀！该死的，要是没遇见多好呀！此时，眼泪又流下来了，此刻，我正在医院附近的快餐店吃饭……"

我："你为什么会爱我？"

她："因为你爱我。"

我："你怎么知道我爱你？我其实对你也没什么好的吧，跟你的接触都不算多，而且一直骂你，几乎没有对你好过。"

她："刚刚剪头发去了，平生最贵的一次剪发——38元，平时8元。如果我爱上一个人，就会骂他。所以你还是骂我比较好。为什么爱上你？因为有个人的老公走了，你伤心不已；四川的老师遇难，你流泪痛哭；李老师走了，你发狂……你爱的人很多爱得很深。你爱每个与你有缘的人。如果你没有爱我，那天拼命叫我下车干吗？！大老远大冷天跑我那干吗？而且居然叫西西也来！如果是为了感动我，那目的何在？！"

她："回答完发现自己是个蠢蛋，咱俩又不是男女关系，讨论爱不爱的没劲死了！我这几天在医院的小角落制作每月一事的教材呢。"

我："我的出现、我的存在对你重要吗？"

她："亲爱的，我的出现、我的存在对你重要吗？你比较聪明，你先回答。"

我："我帮你回答：我的出现和存在，对你并不重要。因为，你的职业生命是因为遭遇新教育而觉醒的，也就是你从 2010 年开始，在并不认识我时，你就已经从职业中重建了自我，找到了自身的价值和生命的意义。所以，如果没有遇到我，你也是一样好的。"

她："遇到你，我会坐飞机了，一个人出门不害怕了，知道世界很大；遇到你，知道爱别人原来可以那么无私；遇到你，知道我还有照亮别人的义务与能力；遇到你，才知道生活中有许多那么可爱的人……你会用自己的方式爱别人，我也会用自己的方式爱别人：继续敲字十分钟，然后准时睡觉！"

我："你说的我做的那些事，很多人都知道，你并不比其他人知道得多。为什么你会相信我呢？"

她："很多人说我是傻子。说你是傻子的人肯定也不少，甚至会更多。聪明的你为什么会纠结于此呢？你都说了自己妈妈帮助乞丐的故事，那不是一个善与信的故事吗！你自己都说我傻了，还与傻瓜论长短。不许问我这个问题了，否则我会怀疑你不爱我。"

我："嗯。再不问了。再也不问。下定决心。永远。"

有一种传说：人一死，灵魂就会回到活着去过的地方，把脚印全部捡回来。

无意识中，我把这个城市里去过的地方都走了一遍，灵魂果然捡回了许多脚印。

当我游荡结束的时候，也想好了我该怎么做。

在我想好我能怎么做的时候，我结束了这一次漫游。

前行：此前一切归零

我该怎么做？我需要做的是：从头开始。从零开始。

今天的一切，我就是从一无所有开始做起的。

我就是我。我只是我。

重新再做一遍，耐心地把小事做好。

更用心，更专心，去做就是了。

一件一件地做。

这应该又是一场辛苦的战斗吧。重新开始的自我挑战。

我一直强调，自己真正亮起来，就会自然而然照亮他人。

只是，自己怎么亮呢？

有一种方法，按照世界通行的游戏规则：获取钱、权、身份、地位、头衔，等等。人的精力是有限的。人的生命是短暂的。本来，我准备先放下他人，来走这条路。这条路，目标清晰明确，容易得多。

还有一种方法，是按照我的游戏规则：让自己美好起来。这，看起来简单，却是一条无止境的路，甚至没有明确方向。因为，每个人，都不相同。每条路，都不相同。什么路正确？最正确？

或许，事情也并没我想象的那么难吧。

毕竟今非昔比，每个项目都有伙伴在守护。

否则怎么会冒出这样的她呢。

无论如何，我想，一切就应该像她对我说的那样："爱上新教育，就像爱上一个人，那是不由自主的，是心甘情愿的，是彼此吸引的。不存在被谁引领，即使是引领，那也需要处在同一频道。"

应该是这样。

所以，想做的事统统得做，该做的事也都要做。没本事就自己学习，没出息就努力长进。

在那场 48 分钟的发言中，我就说过：对我而言，五年，可能是我的一道坎儿。

从个性来说，我有冲劲闯劲，但缺乏坚韧。

当初的《影之翼》，我煎熬五年写完。冲刺结束，几乎是立刻离开文学。做了五年萤火虫义工，这感觉也基本相同。

之所以无法坚持，归根结底原因还是：想偷懒。

聪明，就总想偷懒。

为了自己的利益去奋斗，谁不知道呢？我又何必吃力不讨好，继续"二"下去呢？点亮自己照亮他人，也有省力的办法，我为什么就不能捡省力的做呢？

因为这几年我接触的人与事渐多，我说离开这一切是为了保证自己不变世界改变，其实恰恰相反，是我也向世界学聪明了，是我变了。

她，帮我亡羊补牢，把我又变了回来。

前几天，我写了一则微博——

什么是意义？如果在许多事之中寻找一件最有意义的事，是非常困难的。其实，确定的方法又很简单：一件正确的事，就有意义，如果一直坚持下去，那么意义就会越来越大。归根结底，意义是由人自己赋予的。这个赋予的能力，或许正来自人性中偶尔闪耀光芒的那一点神性吧。

亲爱的姑娘，我亲爱的"神经质"姑娘，这就是你如神一般赐我的启迪。

你猜得没错：我爱你。

你对我的重要性，这篇文章只是一个初步说明。

我妈见到要饭的乞丐，会用干净的碗盛出家里最好的饭——你总结得非常对，这就是一个善与信的故事。

人生，就是选择。

如果说，我妈是用最朴素的行动，为我的人生打下了底色，那么毫不夸张地说，你也用最朴素的行动，在我生命的关键时刻，帮助我做出了选择。

面对他人的苦难，我只恨我不是神仙，只是李西西说的"神的女儿——神经"。我无法改变任何人的命运，我精疲力竭，却最多只是帮人做点小事罢了。

但是，我愿意选择善，选择信。

因为我说过：家人是生活中的朋友，朋友是精神上的家人。

因为你。

因为你知道的那些我心中所爱的人们。

因为世界上还有你们这样的笨蛋，我不能抛下你们，独自变聪明。

这一次的选择，不同于五年前。

我这次非常清楚：世界不会因为我的任何选择，就对我格外友善一分。

别人是怎样经历的，我也会大同小异地经历。甚至，我的敏感注定了遭遇更多、感知的痛苦更多。而且，我一路幸运地遇到这么多美好的人，或许已经把我这一生的幸运额度都用完了吧……

我这个人，最大的特点就是胆子大。毫无畏惧，神鬼都不怕。张爷爷说他坚信"人在做，天在看，举头三尺有神明"，我就没法相信。我觉得，若真有神，人世间不会这么糟糕。

可是，这一次，面对我选择的未来，我不是不害怕的。

所以这一次，我犹豫了很久，很久。这是我犹豫最久的一次。

今天的我已经明白，正确的道路上之所以没有那么多人，原因很简单：最正确的路，通常也是最难走的路。

这次选择了，今后真正遇到困难，我会不会再次犹豫呢？真的说不定。

但我能肯定一点：我不愿意把我的生命浪费在毫无价值的动摇和纠结上。

所以，我要公开我的誓言，杜绝今后可能出现的动摇：让我的后半生，就作为一场"新孩子"公益行，一直走下去，一生走下去。

相遇，守护。相遇之后，应该去守护。人海茫茫，真正的相遇，包含着相守。守着她，守着像她一样的人们。以脆弱的躯壳，在短暂的时光中，尽一己之力，筑造永恒的精神家园。

这，超越所有的职业，又存在于一切职业之中。

这才是生命的意义。

2016 年 7 月于北京

《天地交响》 童喜喜摄于云南

以文学谋生，以教育济世——2016年7月，我确定了一生的路。

从一位专职儿童文学作家到一位资深教育研究推广者，从1999年走到2016年，我在这条路上，不知不觉走了17年。

许多朋友都觉得不可思议。

其实，万事万物，一切都是那样顺其自然。

我的文学

文学是我的安身立命之本。

之所以我肆无忌惮，只做自己想做的事，唯一的"靠山"是：我的作品，一直受到大人和孩子的共同欢迎。已出版的30余部作品，销售数百万册。

2003年之前，我从十几岁就开始写作，发表短篇文章。创作的散文、短篇小说开始获得省级、部级的奖项。靠给杂志写稿已能养活自己，遂辞去国企公职，专注写作。

2003年，我通过自由投稿出版两本书。其中《嘭嘭嘭》是我写的第一部儿童文学作品，加入当时童书第一品牌"小布老虎丛书"出版。《嘭嘭嘭》是这套荟萃名家名作丛书中唯一的新人新作，首印5万册（此前其他书都是2万册）、彩色插图（此前其他书都是黑白插图），获大小奖项数十次。至今《嘭嘭嘭》系列销售百余万册。

2005 年，我成为湖北省作协文学院合同制专业作家。即数千位湖北省作协会员中二十余位签约作家之一。

2007 年，我成为鲁迅文学院第六届作家高级研讨班学员。鲁迅文学院是"中国唯一一所国家级的以联系作家、服务作家、团结作家、培养作家为宗旨的教学与研究机构"。那一届是中华人民共和国成立以来第一届儿童文学作家班，全国选拔 53 人参加。

2008 年，因文学成绩和慈善经历，我被国家奥组委选为奥运火炬手，成为中国十大作家奥运火炬手中最年轻的一位。

2009 年，写作出版迄今中国唯一反思南京大屠杀的儿童文学《影之翼》。这本书，赢得无数赞誉。但是，就连我都没有想到，它竟然成为我的人生转折点。

我的教育

我的教育研究生涯，其实，缘起于日本。

为创作《影之翼》研读相关资料，2004 年底，我开始阅读教育书籍，发现日本特别重视教育。

2008 年汶川地震，我和所有中国人一样，为天灾流了无数泪，被人祸狠狠伤了心，真正开始关注教育。

2009 年 7 月，我刚完成《影之翼》的书稿，应邀参加了新教育年会。自此走进中国规模最大的教育公益机构——新教育实验，担任义工。

今天，我在教育研究中，欣赏到了我从未设想过的风景。

我是新教育学术委员会核心成员。在新教育实验每年的最高研究成果"新教育年度主报告"的研究中，从 2010 年的"群众演员"，到 2014 年、2015 年担任主报告初稿执笔者。

我是《教育·读写生活》杂志的创办人和执行主编。该杂志荣获"20 本优秀教育类教师类期刊"。

我是教育杂志专栏作家、签约作者。在《河南教育》杂志开设专栏，2010 年成为《教师博览》杂志第一批签约作者。

我是经验丰富的教育培训组织者。带领团队组织、举办过 5000 多场各类教育公益活动。我还是新教育新父母研究所的创办人兼所长，还拥有公众教育研究院副理事长兼副院长、新教育理事会副理事长、新教育研究院副院长、新家庭教育研究院理事长等一些头衔。

我是成熟的演讲者。从 2008 年至今，我做了近千场讲座，演讲对象从孩子，到父母、教师、校长、教育研究者、阅读推广人，演讲主题从个人成长故事，到阅读、写作、教室、课堂等专业的教育领域。

我是教育类畅销书《喜阅读出好孩子》的作者。这是我写的第一本教育通俗理论专著，已荣获诸多奖项，得到专家和读者的一致认可。我的教育文章得到认可，其实不足为奇。因为我对儿童文学的研究，本质只是研究一个词：深入浅出。

我取得了成绩，一直有人说是因为我有天赋，或是幸运。

在教育研究中，我不断对照，自省，才发现我的成长经历实在是吻合着太多的教育科学。

我真的很幸运。

我的确是一个非常普通的孩子。从家庭教育到学校教育，都接受着最普通甚至水平远远低于很多人的教育。

深入教育研究中，我才懂得：从家庭到学校，身边的人竟然为我进行过那么多简单的、正确的教育。

我被我的发现震惊。

我认为我的发现能造福很多像我一样平凡的孩子和普通的家庭。那些年轻的父母与孩子，都应该比我幸福，比我出色。理应如此。

事实也反复证明：这些年，无数孩子、父母、教师的生活乃至命运，被我的教育研究和推广改变。

别人不知道，但是我知道。我被此鼓舞。深受鼓舞。

这些年来，我一次次为自己承受的磨砺痛哭，又更多次为他人的成长欢笑。欲罢，不能，才在教育之路上，跌跌撞撞，以慈善的方式走到今天。

我的慈善

有人说，公益已经被一些人的言行玷污了。那么，我换个词吧：慈善。

据说公益和慈善有区别：慈善是无偿进行救助，公益是为公共事业谋取利益的事业。

那么，我个人所做的，称"慈善"并不为过。

1999年，我用在杂志上发表文章的稿费资助了一位失学女童。

2003年，我用《嘭嘭嘭》的稿费资助了30位失学女童，当地为此成立"童喜喜春蕾班"。

2004年，我去山区支教后，和好友李西西共同创办"喜阅会"，为乡村儿童赠书。

至2007年，我为乡村儿童赠书数千本，并陆续资助4位失学儿童。

以上，除了一次被恩师约着采访，我从未露面进行任何宣传。包括我写作出版的近十本书上，都没有作者照片。

从2008年初在北京举办的童喜喜作品研讨会开始，我接受宣传采访，并开始演讲。

2008年，我为汶川地震捐赠《亲亲一家人》的稿费，震后赴灾区短期援助。

2009年，我为新教育实验捐赠《影之翼》首印稿费。

2010年，我以稿费启动"新教育种子教师计划"公益项目。

2011年，我以稿费启动"新教育萤火虫家校共读"公益项目，并由此自费创办新教育新父母研究所，开启电影课、手语卡、新父母课堂等一系列教育项目的研究和推广。

从2009年至今，我为新教育实验捐赠稿费和个人工作收入超过208万。

2016年，我带领团队从事《新教育晨诵》丛书编写，稿费100%捐赠。此时已累计为新教育实验中的兄弟机构捐款300万——当年我为"萤火虫"亲子共读项目提炼出"点亮自己，照亮他人"的行动方法，已不再是我一人的希望，而是我们团队共同的心声和行动。

或许，我还应该加上"新孩子"乡村阅读公益行？

2014 年 9 月至 2015 年 5 月，我只身一人走进中国大陆所有省市自治区的 100 所乡村学校，做了 196 场讲座。

金钱的真正意义，我懂。

早在 2011 年，我的讲课费，就是 1.5 小时 3000 元。到了 2012 年，涨到 5000 元。

我是不是应该把我在"新孩子"乡村阅读公益行中的付出，折算为最低价 58.8 万元，最高价 98 万元呢？

可以这样算吗？

公益行结束时，腰伤贴的膏药是我的义工朋友送的，半年来因咽炎、支气管炎吃的药是自费的。这些是否也可以算在我付出的费用中呢？

所以，我直到今天仍未有过 208 万私人存款。但我捐款的数额早就远远超过 208 万。有人理解吗？

从 2016 年 7 月，从我确定我的一生将同时从事教育，我选择了不再奢求理解。

所谓理解，得知我幸，不得我命。

我知道这一切，最深的根源，来自不一样的父母缔造的不一样的家庭。

我的家庭

我愿意做这一切，我还将做得更多，是因为我有一个幸福的家庭。我爸我妈和我是朋友。直到现在，仍然如此。

我所做的一切，我和别人的所有不同，是因为我有一个独特的家庭。我的家，太大。直到 2007 年我才在无意中发现，我对家人的定义和正常人不同：社会上称为亲人和亲戚的，在我心里统统都叫家人。

我爸我妈，是最普通的中国人——小学文化程度，普通职工，进入 21 世纪，还在一夜之间多了个身份：下岗职工。

当我明白家人定义的不同时，我才懂得：我爸我妈，是平凡却伟大的中国人，创造出幸福而独特的家庭。

什么是平凡却伟大的中国人呢？

比如，他们朴素地重视教育。

他们长兄为父、长嫂为母，一结婚就全力抚育我的三个叔叔、一个姑姑，从读书到就业、成家。读书之路最坎坷的二叔，高考连续三年分数上线，档案却未被提走。二叔心灰意冷，父母却坚持要他复读。第四年终于成功，从此一生安好。

比如，他们细心地与人为善。

家中最拮据的时候，他们为乞丐盛出的，是家中最好的饭菜。他们下岗后去农村创业养鱼，还"拣"了一位离家出走的10岁男孩。抚养半年，直到孩子心结打开，和亲生父母重聚。

比如，他们坚定地言而有信。

2003年，我准备捐出《嘭嘭嘭》的稿费资助30位失学儿童时，并不知道他们创业养鱼被盗，损失近10万。我得知情况马上说："钱还没正式捐，只要你同意，我马上去找编辑说不捐了。"我妈回答："如果你没写这本书呢？"所以我继续资助失学儿童，后来用新赚的稿费帮父母还了债。

还有很多。比如他们乐观幽默。我妈在单位里，被人称为"老顽童"；其实在家里我爸比我妈更活泼天真。比如他们热爱集体。2008年夏天抗洪抢险，我爸干活太拼命，当场病倒，险些丢了命。比如他们勤劳智慧。直到今天，我妈还在城市边缘和开发商"抢地盘"，开发商是盖房，她是趁人家没盖房之前种上菜……

我爸我妈，我的一家，我的一大家，都没有被命运打倒。

他们用乐观和智慧，战胜困难。用勤奋的劳作，创造幸福。

一个人童年真正幸福，才会对世间有足够期许，才可能创造成年的幸福。的确如此。

只是和很多人不同，生活让我理解的家，叫：大家。

我的家园

我根本不热爱工作。

但我热爱生活。尤其是家庭生活。所以我总想做一些事，创造特别精彩的生活。

最近这些年，有人把我做的事定义为工作。

那么，我要把我的工作，定义为：造福天下家庭。

家，是最小的个体组成的群体，是最具善意的心和心的交流之地，是纷繁人世初生的嫩芽。所谓人世，不过是自我的外显，是家庭的扩大。

愿天下父母，都如我爸我妈这般相爱，相携，相守。缘分未满不能相爱到底的，也要好好的善待对方和自己，一别两宽，各生欢喜。

只是，无论如何，都应该重视教育。越是赤手空拳，越应该重视教育。

只有正确的自我教育，才能让我们尽最大可能掌控自己的命运，只有正确的家庭教育，才会为孩子赢得幸福的筹码。只有幸福完整的教育，才是平常人家最可靠的美好生活的保障。

忘记是在 100 所乡村学校的哪一所，有一位老爷爷在听我讲座时哭了，别人问他哭什么，他说：这孩子讲得真好！

当初听到这件事，我就哭了。此时此刻，再次想起，眼泪仍然夺眶而出。

我不热爱这片土地。也不爱其他的很多表述。

可我深深地、深深地，热爱着这片土地上的人。

我爱得情不自禁，如爱我的父母，如爱我的手足，如爱我的亲朋——我爱得为自己不能不爱一度痛苦万分。

100 个乡村里，我亲眼见过 7 万多张父母疲惫的脸庞，亲眼见过 7 万多双父母仍怀渴望的眼睛。

我亲眼见过——这很不同。

我创造我的生活。我的生活也塑造着我。

这些人，被称为中国人。苦难深重，直至如今。

我不反对中国人移民。自由迁徙，本就是人类应有的权利。

只是这片辽阔的土地上，总有人无法离开。悲伤还在于：总是那些最为痛苦最为迷茫最需要帮助的人，无法自由。

那么，让我们在一起。

在 2016 年岁末，有了一个消息：我写的《影之翼》，导致我的人生从文学向教育跨界的《影之翼》，这部中国唯一反思南京大屠杀的儿童文学作品，有望于 2017 年南京大屠杀 80 周年之际，推出日文版。

祖国——如果这个称呼，能够代表生活在这片土地上的人们，那么，我的祖国，我亲爱的祖国，我要把我的爱，真挚地献给你。

无论和平，还是幸福，从来不靠祈祷，而靠智慧与爱。

从描写家庭的《嘭嘭嘭》，到描写大家庭的《影之翼》，是从我到我们的一次成长。

从以此谋生的写作，到以此济世的教育，是从我到我们的一次成长。

这一路，从我到我们，我突破自我。真在蜕变。

我成长太慢，醒悟太晚。好在从未停步，踏踏实实。

2016 年 7 月，我写出《我的誓言》，下定决心一生从事教育。宠辱不惊，得失不计。

去过 100 所乡村学校，最大的收获是让我懂得：中国真大。我真小。

所以，确定人生道路后，接下来这半年中，我一直苦苦思索：怎样才能最好地推动教育？

写作是教育的扩音器。

这是我的思考所得之一。

我没有想到，兜兜转转一圈之后，我还是回到写作上。

只是，我不再是昨天的我。

在我心中，反复翻滚着墨子的那几句话——

志不强者智不达；言不信者行不果。善无主于心者不留，行莫辩于身者不立；名不可简而成也，誉不可巧而立也，君子以身戴行者也。兼相爱，交相利。

作为个体的我，终究还是太幸运，太幸福，以至于太浅薄无知了！

我的祖国，我亲爱的同胞，当我通过教育走出文学的象牙塔，走进真实的生活，我才真正懂得，我们的生活，还有那么多人，生活得如此一言难尽……我是多么惊骇！多么悲伤！又是多么愤怒！多么激昂！

除了我们自己，没人可以改变我们的一切！

2015 年，我的朋友离世。2016 年，我的亲人离世。

朋友是精神上的家人，家人是生活中的朋友。

对我而言，生之价值意义，从未如此清晰强烈。

从心出发。重新出发。

把我的幸运化作他人的幸福。

幸福，从孩子开始，从家庭开始。

从一家，而家家。由一人，到人人。

我想和人们一起，用智慧与爱，筑造我们自己的家园。

一起，努力。

后记一 从我到我们

真希望我能牢牢记住遭遇过的所有人，可惜心有余而力不足。

比如这本书在2017年的出版，我要特别感谢责任编辑黄烨祈。不是像我这样亲身经历过，很难想象她这样刚工作不久的年轻编辑，思维如此敏锐，态度如此认真，工作如此投入。

同时，还有那么多人为这本书付出过心血：帮我精心全面规划的杜小陆老师、帮我设计版式的彭力老师，帮我全面审阅稿件的刘立平、潘峰、樊丽娜老师，书稿终审中提出关键建议的刘艺和刘书慧老师，帮我校对种种细节的伙伴翟琳、陈娟、王艳、姜蕾、胡盈、杨方超、宋新菊、时想……关于本书出版，我已经无法全部列出帮助过我的人的姓名。对于至今相遇并影响我的人们，实在无法一一列举。

我只能说：我衷心地感谢每一位帮助过我的人，同时真诚地感谢每一位伤害过我的人。因为，但凡少了其中任何一个，我都不会是今天的我。

文学就像人类的母亲，允许人失败。文学当然会催人奋进，但是，文学更会沉静地拥抱所有挫折、痛苦，永远温柔地理解所有人。

教育就像人类的父亲，激励人自强。教育当然不是万能的，但是，教育会以"一切问题都是自己有问题"的方式，鼓舞人永远超越自我。

从1999年以稿费捐助失学女童，误打误撞走进教育，这一路，文学的玻璃心和公主病，在教育生涯的捶打中，逐渐被生活治愈。

从无欲则刚，到百炼成钢，我成为今天的我："二喜"变成了"二刚"。比起任何奖励，更让我庆幸的是：尘世的尘埃里，我没有变成我反对的那一类人。

我的教育之路，的确是一条泥泞的现实之路。在文学路上过于幸运的我，走到教育路上，才品尝到"落后就要挨打"这种丛林法则的野蛮粗暴。

但是，教育于我，更是一条自我教育的成长之路，是一条我与伙伴们激情洋溢，浑然忘归的幸福之路。从我到我们，是突破自我的痛苦，是不断突破后得以重构的幸福。因此觉醒。

一切错误，源自我自身的局限。一切成绩，不仅是我自身的努力，同时也是上天的眷顾。

我该用什么回报你，世界？

行业早成天堑的工业时代，当下正在朝向整合势在必行的信息时代转型。我应该珍惜跨界于文学与教育的人生境遇，为他人做一些真正有价值的研究和探索。

以文学立身，以教育济世。

我信，我爱——遭遇过往，时至此刻，仍然如此。

是以为记。

2017 年 5 月 25 日

后记二 一 一年年蜕变

一转眼，距离《十八年新生》第一版出版已经过去 4 年。

我的教育探索，也多了 4 年的历程。

本书第一版，在 2017 年 9 月由湖北教育出版社出版。为了这本书尽快推出，责任编辑黄烨祈当时一直在加班加点。特别感动，特别感谢。

这一次再版，则要特别感谢编辑李楚妍的敬业。虽然是再版，各种细节仍然很繁琐，如果不是李老师的督促，这本书肯定不会这么快"重生"。

我常常怀疑，我是不是走上了一条过于奇怪的人生道路？否则为什么每一年我都会遇到那么多截然不同的事情，而且不少事情都在一而再、再而三地颠覆我的认知？

尤其是近几年，我有好几位亲朋好友突然去世。我险些因此彻底崩溃。虽然我还勉强活着，但有时就觉得真是好辛苦。虽然我一直提醒自己：我已经够幸运、够幸福了，我实在没有抱怨的资格。但是，有的时候，我还是感觉很辛苦。

2020 年 3 月 20 日，我突然收到一位陌生网友"谁是骑毛驴的小男孩呀"的留言："喜喜老师，我正在读你的《十八年新生》，你的善良让我觉得这个世界更有希望，光是有你这样的人存在着，哪怕看不见摸不着，就已经让我觉得人间值得。"我只是回答说："彼此"。其实我特别开心。只是，遇到这样把心交出来的人，我就会特别紧张，特别害羞，不知道怎么说才好。

所以，我很希望能够借助这本书，在茫茫人海中找到一两个朋友——我的微信公众号是"童喜喜"，新浪微博是"童喜喜"，头条号是"童喜喜 Tong Xxixi"。是否相见都没关系。我在真心写，您在用心读。我们一直在一起，偶尔说几句话。一年又一年，一次又一次地蜕变。一定要幸福起来，一定要成长为自己想成为的自己。

2021 年 3 月 25 日于北京

2003 年 5 月

完成长篇小说《**爱乱了**》，由中国电影出版社出版。

著名评论家、武汉大学博士生导师樊星评论:"在'新生代'中,'生在红旗下,长在欲望中'的,大有人在,却不可能是全部。有许多出身贫寒的大学生、中学生还在社会底层为生存而拼命奋斗,这样的人比起已经过上'小资'生活的青年,应当不在少数。如何写出压力下的坚守、迷惘中的坚韧,也许是'新生代'文学的新突破口所在。《爱乱了》在这方面做出了积极的尝试,意义不可低估。"

2003 年 7 月至 2013 年 12 月

完成**"嘭嘭嘭"新幻想系列**,由春风文艺出版社、中国少年儿童出版社、北京联合出版有限公司(新经典文化股份有限公司)先后出版。该系列目前已出版《嘭嘭嘭》《再见零》《玻璃间》《小小它》《影之翼》《织梦人》《我找我》7 册。

该系列为童喜喜的童书代表作,适合小学中年级至初中的学生阅读,曾获冰心文学奖、国家新闻出版广电总局向全国青少年推荐百种优秀图书、全国优秀畅销书奖、团中央"五个一"工程奖、国家"三个一百"原创优秀作品奖等奖项,先后入选多种读书大赛必读书目,如 2004 年"亲近母语读写大赛"必读书目,第五届沪、港、澳与新加坡四地中学生读书征文活动必须参考书目等。

2004 年 4 月至 2009 年 7 月

完成**"魔宙"系列图书**，由古吴轩出版社、中国少年儿童出版社先后出版，已出版《因为有你》《彼岸初现》《流年行歌》3 册。

该系列为全景创世纪式奇幻小说，获全国优秀畅销书奖、思考乐最佳幻想奖。

2006 年 6 月至 2012 年 4 月

完成**"百变王卡卡"系列**，与李西西合著，由接力出版社、江苏少年儿童出版社先后出版，已出版《一朵花的森林》《甜甜的淘气老师》《吃掉铅笔来跳舞》《蒲公英飞过城市》《你找不到我》《幸福的秘密》《好听话大合唱》《雨天其实也有阳光》8 册。

荣获《中国教育报》"2018 年度致敬童书 20 强"称号，入选教育部"2019 年全国中小学图书馆（室）推荐书目"。

2008 年 9 月至 2017 年 3 月

完成**"网侠龙天天"系列**，由中国少年儿童出版社、二十一世纪出版社先后出版，已出版《给老师当老师》《班长打擂台》《王牌对手》《神秘的幸福基地》《天使在人间》《亲亲一家人》《小侠在行动》《明星奇遇记》8 册。

该系列为网络题材校园小说。书中首度提出"网商"概念（网络智商＋网络情商），由"IAP 中小学生综合素质能力竞赛""百度宝宝知道"以及诸多教育家、阅读推广人权威推荐，获《中国少年报》选拔试读会小读者票选第一名，入选北京阅读季"最受青少年喜爱图书 100 种"，获 2017 年度中国童书榜"父母特别推荐奖"。

2010 年 9 月

完成**《我们的一年级》**，由中国少年儿童出版社、北京联合出版有限公司（飓风社）先后出版。

入选著名特级教师张祖庆寒假推荐书单。

2011 年 5 月

完成**《那些新教育的花儿》**，由福建教育出版社出版。

该书为报告文学，记录了参加新教育实验的人们的诸多探索，从一个个具体人物的喜怒哀乐中，折射出中国教育的现状与人们的思考。

2014 年 6 月

完成《喜阅读出好孩子》，由湖北教育出版社出版。

教育类畅销书，系童喜喜自 2010 年开始历时 5 年阅读研究的心得，适合父母、教师阅读。先后入选《中国教育报》"教师喜爱的 100 种图书"、新东方家庭教育中心"父母阅读推荐书目 100 本"，获深圳图书馆年度读者借阅率最高总榜第 9 名、湘鄂赣专家联合推荐 30 种优秀图书、首届湖北网络读者"我最喜爱的 10 种图书"、《中国出版传媒商报》"家庭教育影响力图书"等荣誉。

2016 年 8 月至 2019 年 1 月

主编《新教育晨诵》系列图书（全套 26 册）、《让生命放声歌唱——新教育实验晨诵项目用书》，由安徽少年儿童出版社出版。

《新教育晨诵》系列从幼儿园至高中，每学期一册，为新教育实验的晨诵课程学生读本。童喜喜将稿费全部捐赠给了新教育实验公益项目。

荣获《中国教育报》2016 年度"教师喜爱的 100 本书"。

2017 年 9 月

完成《十八年新生》，由湖北教育出版社出版。

该书为教育散文，记录了童喜喜从写作者到教育公益人，从专职儿童文学作家到资深教育研究推广者，以及从 1999 年开始资助失学女童，在这 17 年中的教育心路历程和探索行动。

荣获《中国教育报》2017 年度"教师喜爱的 100 本书"。

2017 年 11 月

"童喜喜说写手账"系列图书，由电子工业出版社出版。

该系列图书为童喜喜独立研究 7 年，带领 20 多人的名师团队集体攻关编写，数易其稿而成的心血之作，适合小学中高年级至初中学生阅读。

以贴近生活的主题文章和电影，激发写作兴趣；以深入浅出的导读，引领全面思考；整套书提供 1008 个作文题目和提纲，能够有效提高学生作文能力，实现自我教育。

荣获《中国教育报》2017 年度"教师喜爱的 100 本书"。

2018 年 8 月

完成《智慧行动创造教育幸福——新教育实验十大行动理论与技巧》，由山西教育出版社出版。

该书为教育理论专著。从阅读、写作、讲座、口才、课堂、网络、习惯、教室、家庭等方面，对新教育实验的十大行动从定义、解析、推进技巧展开论述。从区域、学校、教师三大层面，为从事一线教学和教育研究的人员，总结提炼出 100 多个行动方法和操作技巧。

荣登当当网社会科学"新书热卖榜"教育类第 1 名，荣获《中国教育报》2018 年度"教师喜爱的 100 本书"。

2019 年 5 月

完成《萤火虫的故事》，由重庆出版社出版。

该书为童喜喜第一部童诗集，为中国知名童诗品牌图书"中国最美童诗"系列丛书之一。

2014 年 6 月至 2020 年 6 月

完成"新孩子"系列童书，由二十一世纪出版社、安徽少年儿童出版社先后出版。全套共 24 册。

"新孩子"系列童书开启了儿童教育文学先河，首创以文学提升核心素养的童书体系，结合耶鲁大学耗时 40 年的儿童心理研究成果，以中国新教育实验的真实优秀教育案例为原型，根据教育部推出的《中国学生发展核心素养》要求提炼出 24 个主题，每本书侧重一个主题，以螺旋上升的方式对核心素养持续细化、深化、内化、强化，并以世界独创的说写课程搭建从阅读到写作的桥梁，帮助孩子提升核心素养，养成说写习惯，汲取精神力量。

"新孩子"系列童书得到国际 IBBY-iRead 爱阅人物奖得主、国家全民阅读形象代言人朱永新，国际儿童读物联盟（IBBY）主席张明舟，国家图书馆少儿馆馆长王志庚，清华大学附属小学校长、全国著名语文特级教师窦桂梅，美国马萨诸塞大学波士顿分校教育领导学系主任、中国教育三十人论坛成员严文蕃教授，第一位美国高等学府教育学院华人院长、美国纽约曼哈顿维尔学院终身教授万毅平等诸多名家联袂推荐。

该系列荣获《中国教育报》2014 年度"教师喜爱的 100 本书"之年度 9 部"儿童文学"作品之一、全民阅读年会 50 种重点推荐图书。